COLLECTION
L'IMAGINAIRE

Pierre Herbart

Le rôdeur

Gallimard

Pierre Herbart, né à Dunkerque en 1904, a été journaliste et a collaboré à *Marianne* et à *Vendredi*. En 1931, il accompagne Andrée Viollis en Chine. De 1935 à 1936, il est directeur de *La Revue internationale* à Moscou. Et, au retour d'U.R.S.S., c'est la guerre d'Espagne qui le requiert. Membre du réseau Bretagne-Normandie pendant la résistance, il reçoit le général de Gaulle à Rennes sous le nom de général Le Vigan. Il a été éditorialiste à *Combat* et rédacteur en chef de *Terre des hommes*.

Le rôle important qu'il a joué dans le monde politique et intellectuel, avant et après la guerre, ne l'a pas empêché de faire œuvre d'écrivain. Il a publié des romans comme *Alcyon* et *La Licorne*, des nouvelles comme *La Ligne de force* et *Souvenirs imaginaires*, des études comme *A la recherche d'André Gide*. Il est mort à Grasse en 1974.

A mon frère.

CAHIER DE SERGE

J'écris ces lignes par faiblesse. Si j'étais fort, je n'écrirais rien. Je dompterais la vie, je serais le maître de mes désirs et de ceux des autres. Il y aurait mille choses à faire pour moi au cours d'une journée — et même s'il n'y avait rien, je resterais assis sans penser à quoi que ce soit, avec de gros bras musclés croisés sur ma poitrine et une tête dure et paisible que j'appuierais nonchalamment au dossier du fauteuil, comme je le fais parfois pour essayer la position de l'homme fort (dans ces moments-là je prends une expression résolue qui jure étrangement avec mon visage aux traits plutôt tendres, et si — comme il m'est arrivé une fois — je me vois alors dans une glace, je me mets à rougir de dépit et de honte, parce que c'est ridicule au delà de toute expression).

Bien d'autres raisons concourent sans doute à me faire prendre la plume. Je devine la vanité, la sottise, le besoin d'être apprécié, mais aussi la détresse et la solitude (une solitude qui me paraît vraiment exceptionnelle). Non pas que je manque d'amis. Je sais très bien que beaucoup de gens m'aiment, et moi je les aime aussi. Seulement, par une bizarre particularité de ma nature, je ne puis vivre avec ces amis. Ils me deviennent très vite insupportables, malgré l'affection que je leur porte. Je me sens, parmi eux, tellement isolé, tellement loin de leurs habitudes, de leurs désirs et même de leur cœur que je ne songe plus qu'à fuir. Mais comme je suis faible, je n'ose pas me lever et leur dire adieu. Je reste là, des heures, torturé, je reste après que tous les autres sont partis.

Je suis désespéré. Je voudrais mourir tout de suite. Et il arrive souvent cette chose ridicule : quand l'ami en a pris son parti et commande de refaire du thé, je me lève soudain et le quitte sous quelque prétexte futile. Je donne de mon départ des raisons tellement naïves et invraisemblables qu'il se trouve froissé ou ahuri. Arrivé dans la rue, je titube. Je suis prêt à pleurer de rage et de tristesse. Je rentre chez moi, écrasé par le sentiment de ma timidité et de mon orgueil. Pour échapper à mon désespoir, je prends des doses énormes de soporifiques, qui me plongent dans un sommeil où il ne se passe rien, comme dans les eaux des mers mortes.

Voici donc ce qui fait de moi, pour toujours dans la vie, un homme seul. Je pourrais citer bien des exemples. Restons-en toutefois à ce qui va suivre.

Un jour je décidai de me retirer à la campagne. La vie simple, la compagnie des paysans me guériraient, pensais-je, de ma nervosité. Je m'embarquai donc, non sans avoir prévenu par lettre plusieurs amis. « Je me jette à l'eau pour me sauver, écrivais-je (d'une manière assez ambiguë). C'est de ma volonté que j'attends tout désormais. Je veux vivre dans la solitude et le travail. Ne m'écrivez pas ; vos lettres troubleraient ma nouvelle existence. » J'étais assez satisfait de ces lettres que j'envoyais un peu à tout le monde. Bref, je prenais position devant un miroir comme un acteur qui apprend son rôle. Tout cela ne laissait pas de me dégoûter par certains côtés, mais le jeu me plaisait trop pour que je me prive du plaisir de le jouer.

Je partis donc. On m'avait indiqué un village désert, dans la montagne, près de Grasse. Pendant le trajet, je fus pris d'un tel accès de peur (comment appeler autrement cette sorte de crampe qui me nouait le cœur) que je souhaitai tomber dans un ravin, avant d'arriver à ce village inconnu. Cependant, par timidité, je n'osais demander au chauffeur de rebrousser chemin. Je me souviens de quels yeux agrandis par l'angoisse je considérais le clocher, les maisons. Un jeune paysan me dévisagea curieusement. Je mourais de honte. Par malheur je portais des culottes de golf et compris que cette mise insolite attirerait sur moi l'attention des villageois.

— Où faut-il vous arrêter ? demanda le chauffeur.

Je n'en savais rien et rougis, comme s'il eût été mortifiant de ne pas connaître un hameau de cent habitants. Une sorte de rage me prit.

— Descendez et demandez à n'importe qui si l'on peut me loger, criai-je à tue-tête.

Le chauffeur me regarda avec surprise. Pourtant il ne protesta point. C'était un tout jeune homme, bien bâti et sympathique, avec un visage frais et un joli sourire. Comme nous quittions Grasse, quelqu'un l'avait interpellé : « Oh ! Rafaelo ! » et il avait répondu d'un geste insouciant, heureux.

Il revint bientôt, très animé.

— J'ai trouvé, dit-il joyeusement. Et vous serez bien. C'est un café où l'on vous prendra en pension...

Je le suivis. Mes jambes flageolaient presque, tant j'étais ému à l'idée de traverser le village où beaucoup de gens s'étaient mis aux portes pour voir « l'étranger ».

— C'est ici, expliquait Rafaelo.

La patronne de l'auberge me regardait venir avec méfiance. Je sentis que je perdais entièrement la tête et que j'allais faire quelque sottise.

— Je vais vous conduire à votre chambre, continuait le chauffeur.

Mais la bonne femme nous arrêta.

— C'est donc... que vous êtes étranger ? dit-elle en attachant sur moi un long regard.

— Je suis Russe, Russe..., hurlai-je, avec une fureur croissante chaque fois que je répétais « Russe ».

Elle disparut aussitôt. Rafaelo posa ma valise dans un coin de la chambre.

— Vous avez une jolie vue, disait-il, et regardez, tout est neuf, tout est blanchi à neuf.

Mais je n'étais pas en état de rien voir. Debout, les yeux fixés par terre, je sentais monter en moi une terrible lassitude. « Je vais pleurer, je vais me jeter là et pleurer, pensais-je avec angoisse. Cette épreuve est trop dure pour moi. Je ne pourrai pas, je ne pourrai pas... » Et je frappai du pied comme un enfant fâché. Sans doute Rafaelo ne s'en aperçut pas. Il continuait à souligner les avantages de ma chambre. Je revins un peu à moi, mais mon envie de pleurer était vraiment intolérable.

— Voilà le prix de la course et voilà pour toi, dis-je en offrant à Rafaelo un énorme pourboire.

Ma voix était tremblante et je le tutoyais. Dieu sait pourquoi. Il rougit de plaisir et voulut me remercier. Je levai les yeux. Il souriait naïvement et me regardait avec une franchise qui me bouleversa. Sans savoir ce que je faisais, je m'avançai vers lui et l'embrassai tendrement. Après un instant de silence et de surprise, il parut gêné et sourit encore en balbutiant :

— C'est vrai, vous êtes Russe... C'est la coutume...

— C'est la coutume, répétai-je, distrait.

— Eh bien, vous devriez vous coucher, vous étendre un peu. Ce voyage vous a fatigué peut-être, reprit-il avec une curieuse sollicitude.

— C'est vrai, je vais me coucher, m'étendre, répétai-je encore.

Mais je ne bougeais pas. Il y eut un autre silence, plus étrange, plus prolongé que le premier. Nous étions tout à fait immobiles, à trois pas l'un de l'autre. Enfin Rafaelo fit un mouvement.

— Je vais partir, murmura-t-il.

Un instant il demeura, puis, après un nouveau sourire qui me parut empreint d'une extraordinaire et merveilleuse tristesse, il partit.

J'étais presque en état d'hypnose. Il me semblait que mes gestes déplaçaient des ondes de malheur, d'étonnement. Je fis le tour de la pièce, et me couchai sur le lit où je m'endormis aussitôt.

Ce qui arriva par la suite est toujours le résultat de ma sotte timidité, de ma faiblesse. D'abord il me faut avouer que ce village, où je m'étais rendu d'une façon aussi intempestive, me devint immédiatement odieux. Il n'y avait à cela aucune raison. Malgré le site merveilleux, la beauté des habitants (qui aurait dû me les faire aimer), je me mis aussitôt à les haïr, eux et leur pays. C'était une haine presque folle. J'aurais voulu les martyriser, les tuer après de longues souffrances, brûler leurs maisons, empoisonner leur bétail. Depuis j'ai réfléchi que cette haine était peut-être tout simplement de l'amour, et que c'était parce que je n'osais pas, parce que je ne pouvais pas leur dire une seule parole que je me jetai dans la haine.

« Mais pourquoi, dira-t-on, pourquoi rester là ? » Je répondrai en un mot : je n'osais pas. Je n'osais pas annoncer mon départ à la femme qui me logeait. J'avais peur de sa déception, de son regard. Cette seule pensée me faisait frissonner. Et quand plus tard je décidai irrévocablement de partir, j'usai d'un biais, je prétextai une excursion et fis chercher ma valise par un taxi. Mais j'anticipe.

J'ai dit que je m'étais endormi après le départ de Rafaelo. Il était alors onze heures. Je ne m'éveillai qu'à six heures du soir. La nuit commençait à tomber (on était en octobre). Un vent froid balayait la chambre, par rafales. Je me tournai du côté de la fenêtre qui était restée ouverte et me perdis dans une sorte de rêverie. Je crois que j'étais mal éveillé, que j'avais à peine conscience du lieu où je me trouvais. Une grande lassitude paralysait mes membres. J'étais triste aussi. Mais tout cela appartenait au domaine des sensations et je n'avais aucune pensée.

C'est un état assez commun chez moi au réveil, et je suppose qu'il est dû aux soporifiques que j'absorbe le soir. A la fin, je me soulevai sur le coude. Aucun bruit dans la maison. Alors, j'allai à la fenêtre. Le soir tombait, quel soir désolé ! D'énormes nuages écrasaient les montagnes presque violettes. Le village était vide. Ses maisons semblaient en ruines. Aucune vie nulle part, à l'exception d'une fenêtre éclairée ; mais la lampe qui brûlait là était si faible qu'elle ajoutait plutôt à la désolation du paysage.

« Octobre ! murmurai-je, venir là en octobre... Quelle folie ! »

Je joignis les mains. Mon enfer commençait. Pourtant j'eus une absence. Je regardais au loin une côte boisée où l'on distinguait malgré l'ombre envahissante une petite maison de berger. « Et si l'on pouvait vivre là, seul ? Sans jamais voir personne, sans être jamais forcé de rencontrer aucun être humain ? »

Je me plus à imaginer tous les détails de cette existence. Il y aurait une de ces larges cheminées où l'on brûle du bois de chêne et d'olivier. Sur la cheminée, un réveil, deux vases bleus et au-dessus une gravure représentant la Tour Eiffel, à côté du calendrier des Postes, lui aussi illustré — patineuses sur un lac de Suisse, les bûcherons dans la Forêt Noire. A une poutre du plafond pendraient des grappes de piments rouges. Presque pas de meubles : la grande table, trois chaises et un petit banc devant le foyer. Restait la question de la cuisine. Ce détail ne laissait pas de me tourmenter. Mais j'eus l'inspiration de poser un trépied sur les bûches. On pourrait à la rigueur y faire cuire le nécessaire.

Brusquement je sursautai. A quels rêves stupides n'allais-je pas m'abandonner ? « Voyons, il faut que tout cela finisse, » décidai-je avec force.

Dans l'escalier, je heurtai à dessein mes

pieds contre les marches, pour me donner de l'importance vis-à-vis de mon hôtesse. En entrant dans la salle, je criai très fort « bonsoir » d'un ton vraiment dégagé. La bonne femme, qui était occupée à préparer je ne sais quoi au fond de la pièce, se retourna d'un bloc et fixa sur moi le même regard que le matin.

— Ah ! c'est vous ! dit-elle simplement.

Je perdis contenance.

— Il faudra signer sur le livre, à cause des gendarmes, ajouta-t-elle.

A ce moment une autre femme entra et se mit à parler en patois avec une grande violence. Je crus naturellement qu'il était question de moi. J'en conçus une vive contrariété et même une sorte de rage. « Si je me laisse faire dès le premier jour, que sera la vie dans un mois, pensai-je. Il faudrait intervenir immédiatement. »

Je grommelai quelque chose entre mes dents. Les deux femmes s'interrompirent net et m'examinèrent avec le plus grand sérieux. J'étais pétrifié de honte. Pourtant je réussis à grimacer un sourire et balbutiai je ne sais quoi.

Le silence n'en persista pas moins et, pour y échapper, je sortis sur la route. Il faisait froid. J'étais sans chapeau et je claquais des dents.

« Dans quelle situation me suis-je mis ! » répétais-je. Après quelques pas je rentrai pourtant, non sans appréhension. On avait dressé mon couvert sur une table du café. Je fus soulagé en voyant que c'était une jeune fille qui faisait le service. Elle avait l'air maussade, mais je préférais cet air-là aux plus grandes gentillesses de l'aubergiste, si toutefois cette femme était capable d'aménité. Après le repas, je montai immédiatement dans ma chambre et pris une dose inaccoutumée de somnifère qui me procura l'oubli de cette mauvaise journée.

Je ne veux pas continuer par le menu la chronique de cette époque de ma vie. Cependant je crois nécessaire de noter l'état d'esprit dans lequel je me trouvais au lendemain même de cette soirée. A peine réveillé je me sentis dispos et joyeux. Je courus à la fenêtre et poussai les volets. Le soleil inonda la chambre. Avec quel bonheur me laissai-je baigner par ses rayons !

Je ne craignais aucunement d'affronter ma logeuse, je n'y songeais même pas. Je descendis en fredonnant. Il me semble que je souriais tout seul. J'avais envie d'interpeller la patronne sur ce ton gaillard qu'affectent certaines gens avec les aubergistes : « Allons, bonne femme, mon café, vivement ! » Et peut-être le fis-je en effet. Puis j'allai me promener. Les incidents de la veille me revinrent en mémoire. Je souris avec pitié: « Quels nerfs j'ai pourtant ! Ce voyage m'avait fatigué. » Tout le reste de la journée se passa dans l'insouciance. Mais au crépuscule, une sorte de malaise m'envahit. En quelques minutes, il prit des proportions effrayantes et je rentrai, ivre d'angoisse. Je m'assis près de la fenêtre. C'était un soir extrêmement doux, bien différent de la veille. Les couleurs les plus merveilleuses se partageaient le ciel. Une paix vraiment magique descendait avec la nuit. Mais quelle tristesse était la mienne ! Je n'avais plus le courage de faire un geste. Cependant je ne craignais personne. Au contraire, tout m'était indifférent. Je me sentais bon et tendre. Si l'on m'avait insulté, j'aurais répondu avec douceur. Je sentais que j'avais pour toute la terre un immense amour désabusé. Un peu plus tard, je m'aperçus que je pleurais.

C'est à cet instant que je compris tout, que j'envisageai avec certitude ma situation. C'est alors que je pris une résolution définitive. Si je l'ai différée jusqu'à maintenant, si même je l'ai oubliée pendant plusieurs mois, il faut voir là une de ces étranges syncopes de la raison pendant lesquelles on vit en marge de ses habitudes, de son tempérament. Ainsi tel grand artiste couche dans les bouges, s'enivre et ne songe pas à commencer l'œuvre qu'il porte en lui et qui forme la raison profonde de son existence. Mais un jour cette œuvre naît d'elle-même au moment qu'elle semblait oubliée, perdue depuis longtemps.

De même je m'agitais, je souffrais sans motif et presque en dehors de ma volonté, de mes moyens. Je m'écartais mystérieusement de mon destin pour remplir quelque tâche incompréhensible et fermer le cercle de mes obligations terrestres avant d'avoir droit à la mort.

Je vais entreprendre maintenant le récit des événements, de la « tâche » qui me fut imposée. Je tenais simplement à souligner que, dès cet instant, tout était décidé.

LE RODEUR

Comment, par quelle incroyable lâcheté me laissai-je circonvenir par cette canaille ? (Je veux parler d'Angelo le maçon.) Sans doute je discerne que ma timidité, ma faiblesse le permirent. Il me semble toutefois qu'aujourd'hui... Mais ceci est oiseux. Il paraît même évident que rien de pareil ne pourrait se renouveler maintenant. Donc, passons...

Je fis la connaissance d'Angelo au café. Il me fut tout de suite odieux et je compris que je lui inspirais la même haine. Toutefois il sut dissimuler, alors que je ne parvins pas à cacher le dégoût qu'il m'inspirait. Il était ce soir-là en état d'ivresse et tenait son auditoire en éveil (j'appris plus tard qu'il faisait la terreur du village). Tantôt parlant à tue-tête, tantôt silencieux et morose, il exaspérait tout le monde, car on sentait l'impossibilité d'une détente en sa présence. Il finit par imaginer d'arrêter le piano mécanique et de siffler la *Tosca*, religieusement, en s'accompagnant de gestes destinés à souligner les passages pathétiques et à imposer le silence. C'était insupportable. Et quelle ne fut pas ma rage quand je compris que ce couplet m'était particulièrement destiné, qu'il avait pour but de me charmer de façon définitive. Au bout d'un instant, n'y pouvant plus tenir, je sortis une lettre de ma poche et fis mine de la parcourir. Il s'arrêta aussitôt, prit une chaise, la posa près de moi et s'assit. Il y eut dans le café un silence profond. On s'attendait à un esclandre, et moi-même... Mais j'étais fort calme (je ne suis pas peureux) et continuai ma lecture.

— Monsieur, dit-il soudain d'une voix forte, Monsieur, êtes-vous fâché ?

Et il se mit à pleurnicher. Des rires fusèrent. J'étais perdu (car si je ne crains pas un homme furieux, je ne puis supporter le ridicule).

— Qu'avez-vous ? C'est de la folie..., murmurai-je.

Il se redressa :

— Je pensais bien en effet que Monsieur devait aimer la musique.

On rit à nouveau. J'aurais dû partir, mais j'étais cloué à ma place.

— Patron, apportez-nous deux verres, rugit-il.

On s'empressa de lui obéir. Je dus trinquer avec lui, et alors, me prenant par le revers de ma veste, il m'expliqua à voix basse qu'il avait été maître-baigneur, qu'il connaissait la vie... Parfois il clignait de l'œil d'un air ignoble, s'interrompait et fixait sur moi un regard moqueur.

— Vous comprenez, comprenez-vous tout? insista-t-il.

— Oui, balbutiai-je.

— C'est bien cela, reprit-il d'un air rêveur. Nous sommes liés.

J'eus la sensation de m'être enferré. Que signifiaient ses paroles ? Pour qui me prenait-il, en quoi étions-nous liés ? J'étais atterré. Cette phrase : « nous sommes liés » me tourmentait au point que j'eus la force de demander :

— En quoi sommes-nous liés ?

Angelo feignit une immense surprise.

— Mais... par les liens de l'amitié, déclara-t-il d'un ton solennel.

Heureusement, je fus délivré pour ce soir-là. Un ouvrier fit irruption dans le café en braillant :

— *E viva Mussolini* !

Il s'ensuivit un tumulte indescriptible. Des bouteilles volèrent. La lampe, renversée, fit explosion avec un horrible fracas. A la faveur de l'obscurité je me glissai au dehors. Le bruit des coups, les cris de rage accompagnèrent ma fuite. Mais je ne devais pas aller loin. A peine avais-je fait dix pas que je me sentis retenu par la manche. Je me préparais à me défendre quand une voix doucereuse me glissa à l'oreille :

— Nous nous retrouverons, Monsieur, cher Monsieur...

J'étais abasourdi. Quand je revins à moi,

j'étais libre. Mon singulier agresseur avait disparu. Quoique je ne l'eusse pas vu, je devinai que c'était Angelo, toujours Angelo.

« Oh ! la canaille ! l'infecte canaille ! » répétais-je plus tard en brandissant le poing.

Je passai une mauvaise nuit. Fiévreux, presque délirant, je me retournais dans mon lit. Cent projets me hantaient l'esprit. Partir dès l'aube ? Non, mille fois non ! Avais-je donc peur ? Le plus simple était sans doute de tuer Angelo et je m'attardai à cette idée avec délice. Je conçus un plan qui offrait toutes les garanties de réussite. Mais les gendarmes ? On me prendrait... Sans cette crainte, j'eusse certainement assassiné le maçon. Aux premières lueurs du jour, je m'endormis.

Le réveil fut affreux. Je retrouvais une vie en ruines. L'histoire de la veille, ramenée à ses justes proportions, me fit sourire de mépris. Qu'importait cela ? C'était un détail, un détail qui prouvait mon définitif écroulement. Hélas, je ne me rappelais pas (ou il m'était interdit de me rappeler) la résolution que j'avais prise quelques jours plus tôt. Je comprenais l'inanité de tous les remèdes. Rentrer chez moi ? Inutile. Je trouverais là d'autres tourments.

« Le mieux serait de me mettre à boire, » pensai-je tristement. Évidemment, c'était l'unique solution, mais elle me dégoûtait.

« Rester couché sur mon lit ?... » Je reconnus qu'il y avait là quelque chose et c'est effectivement à quoi je m'employai pendant plusieurs jours. Peut-être aurais-je continué cette étrange méthode si Angelo ne fût venu me tirer de ma retraite.

Je sommeillais, après le déjeuner, quand j'entendis sa voix.

« Cette brute vient-elle me relancer jusqu'ici ? » me dis-je. Un choc me réveilla. Angelo était devant moi. Mon premier mouvement fut de rage.

— Sortez d'ici, sortez à l'instant, criai-je.

Son visage prit une expression confuse. Il balbutia :

— Monsieur est peut-être malade ?

Je me tus. Il me regardait avec une réelle douceur et l'on voyait qu'il avait dû être fort beau, avant que l'alcool n'avilît ses traits.

— Assieds-toi, murmurai-je, vaincu.

Il s'assit, les mains sur les genoux. Un long silence suivit. Je m'enfonçais dans une de ces « absences » qui me sont coutumières. Peut-être avais-je oublié Angelo. Il se leva sans bruit (sans que je le sache), s'approcha et posa la main sur mon front. Je fus frappé par l'expression de son visage penché vers moi. Le soir tombait et l'on ne distinguait plus les détails. Seuls ses yeux rayonnaient d'une tendresse presque puérile.

— Écoutez, vous avez la fièvre... et je vous aime bien, dit-il très bas. Ne me chassez pas. Il faut vous soigner.

Une douceur imprévue me pénétra jusqu'aux moelles. Je ne répondis rien. J'étais las et triste, comme une femme. Angelo fit quelques pas sur la pointe des pieds, ouvrit la fenêtre, se pencha un instant. Puis il revint, alluma la lampe et sortit après un signe de tête amical. Je ne le revis pas ce soir-là.

Le lendemain était un samedi. Angelo vint me prendre le soir « pour faire le tour des buvettes ». Il me semble n'avoir jamais vu tant d'hommes ivres. Partout on criait, on chantait. Les pianos mécaniques faisaient un vacarme infernal. Nous restions très peu de temps dans chaque café. A peine buvions-nous un verre de rhum. L'idée me vint qu'Angelo voulait me « ménager » et peut-être était-ce cela en effet. Il y eut pourtant un incident. Un ouvrier italien, pris de boisson, vint me présenter, en grande cérémonie, un cafard qu'il tenait dans sa main. Facétie d'homme ivre. Il n'y avait à cela nulle offense. Angelo n'en jugea pas ainsi. D'un coup de poing il envoya l'homme rouler sous une table, me prit le bras et m'entraîna.

Il s'était déclaré, aux yeux de tous, mon ami et mon défenseur. Depuis lors le village me réserva toujours l'accueil le plus respectueux. Comme je les haïssais, moi ! J'aurais voulu connaître certains d'entre eux. Mais je n'osais pas... et me vengeais par la haine.

Avant de continuer il faut que je dise quelques mots d'Angelo.

C'était un personnage vraiment énigmatique. Il avait plus d'instruction qu'un ouvrier. Son « expérience de la vie », selon son expression, devait être en effet assez approfondie. Mais il s'agissait d'une vie douteuse et louche. Avant de « faire le maçon » dans le village, il avait été maître-baigneur (juste après son service militaire). Je suppose qu'il dut voir là bien des choses. Parfois le nom d'une actrice, d'un homme du monde, tombait de ses lèvres. J'étais chaque fois pris de malaise. Il s'était marié à dix-huit ans, mais sa femme l'avait quitté. On prétendait qu'il la battait de la façon la plus ignoble et qu'il avait même jeté sa mère dans la rue à coups de pied. Il possédait quelques objets de grande valeur, souvenirs de son ancienne vie (par exemple, un magnifique porte-cigarettes en or qu'on s'étonnait de voir entre ses mains). Un jour, je m'aperçus avec stupeur qu'il parlait l'anglais.

— J'ai navigué, me dit-il, en guise d'explication.

— Tu as été matelot ? insistai-je.

— Matelot ? (Il me regardait avec un mépris moqueur.) J'étais passager à bord d'un yacht.

— Tiens, regarde, ajouta-t-il.

Il posa sur la table une photographie qui le représentait, élégamment vêtu de blanc, sur le pont d'un petit cotre, à côté de deux jeunes gens au type étranger. J'évitai de lui poser des questions et lui-même ne semblait pas vouloir en dire davantage. Il se contentait de jouir de ma surprise et de mon trouble. Et c'était ce même homme qui, étant ivre, sifflait la *Tosca*.

Pourquoi voulut-il (il y parvint d'ailleurs) me dominer ? Peut-être par haine (je lui rappelais une époque de sa vie qu'il regrettait), peut-être simplement pour faire montre de ses belles relations vis-à-vis des gens du village. La cupidité y entrait sans doute aussi pour quelque chose. Toutefois il ne me demanda jamais d'argent. Il y a une autre hypothèse que j'ose à peine envisager : N'eut-il pas, en toute sincérité, de l'affection pour moi ? Je me souviens de ses yeux quand il disait : « Ne me chassez pas. » Mais c'est là affaire aux psychologues et je ne connaîtrai jamais les mobiles de mon extraordinaire Angelo. Quoi qu'il en soit, nous fûmes bientôt inséparables. A vrai dire, Angelo ne « m'accabla » pas de sa présence comme je le craignais. Il faut même avouer que c'est moi qui recherchai d'abord sa compagnie. Pourquoi ? Je l'ignore. Sans doute la haine que je lui portais m'invitait-elle à cela. Quand on hait bien quelqu'un, on ne peut se passer de lui. La haine est un sentiment beaucoup plus absorbant, plus complet que l'amour. On n'a pas besoin de vérifier son amour. On le sait là. Tandis qu'on éprouve toujours l'envie de consulter sa haine. N'aurait-elle pas diminué, ne serait-elle pas une erreur ? Vite, il faut courir aux renseignements. La haine n'est pas constante. Elle peut s'évanouir pendant plusieurs jours. Parfois je crus m'être trompé et même aimer Angelo. Maintenant encore... Jusqu'à ces derniers jours j'étais persuadé qu'il avait joué en maître. Et voilà que je doute. Cette aventure ne serait-elle pas plus simple et Angelo un pauvre garçon dévoyé ? Le reste viendrait de mes nerfs malades. De toutes façons, j'ai décidé de faire table rase de ces derniers raisonnements et de m'en tenir aux impressions du début : la haine et la méchanceté d'Angelo. L'histoire est assez compliquée sans aller l'envisager sous un autre jour.

Je commençai à boire. Je déteste l'alcool. Aussi les premiers verres furent-ils pour moi un supplice. Mais j'arrivais à un état de délire. Je buvais par gageure, par colère, pour me vaincre et me détruire. Souvent Angelo me ramena chez moi. Je me débattais, je voulais retourner boire. Il ne cédait pas et, bien qu'il fût ivre lui-même, se montrait d'une patience extraordinaire. J'avais parfois de petits accès (sans doute un commencement de *delirium tremens*). Il restait près de moi et je le vois toujours traverser ma chambre en titubant pour aller chercher l'eau de Cologne dont il me frictionnait les tempes. Quand nos regards se rencontraient à ces moments-là, il me semblait qu'il m'observait avec une ironie triomphante. « C'est bien cela, pensais-je, exaspéré. Il veut me ruiner ! »

Une fois je lui saisis la gorge et serrai de toutes mes forces. Angelo ne se fâcha pas. Délicatement il se dégagea (il était d'une force peu commune) tout en marmottant : « Allons, allons, ne fais pas l'idiot. » Oh ! comme j'étais humilié. J'affectai naturellement d'avoir agi à mon insu, sous l'influence d'une crise. Il n'en fut pas dupe et le lendemain me lança à brûle-pourpoint — nous étions assis au coin du feu et parlions amicalement ensemble — (ces instants de détente complète étaient bien le côté le plus étrange de nos rapports)

— A propos d'hier soir, ne t'avise plus de vouloir m'étrangler, sans cela...

— Sans cela ? insistai-je.

Il me regarda d'un air pensif. Haletant, j'attendais sa réponse. Je vis ses lèvres remuer, mais il ne dit rien. Après un silence, il se leva, me frappa sur l'épaule et partit en chantant d'une voix insouciante ce léger adieu provençal : « Chao ! »

« Il va me tuer, il m'abattra dans un coin, pour me voler », répétai-je. Cette pensée ne me lâchait plus. Il me vint même une curieuse idée : « Ce serait trop bête qu'il me tue pour rien. Qu'il y trouve au moins du profit. » Je pris l'habitude de sortir les poches bourrées d'argent, avec mon épingle de cravate, mes bagues. Il semble que j'aurais dû faire tout le contraire « pour l'attraper ». Ce n'était pas mon avis. « Ainsi, je le méprise encore plus, » pensais-je.

« Mais il n'en saura rien ? »

J'étais perplexe. J'écrivis un billet où j'expliquais mes raisons, deux jours après je le brûlai. « Ce serait trop m'abaisser, » conclus-je. Toutefois, je ne pus me retenir un jour de glisser ostensiblement devant Angelo une liasse de billets de cent francs dans ma poche. Il me regardait avec curiosité.

— Pourquoi diable prendre tant d'argent ? dit-il.

Je lui jetai un regard hautain et provocant. Il eut un sourire amusé.

— Mon pauvre Serge, dit-il enfin, tu n'y es pas. Ce n'est pas cela du tout.

— Ruse ! pensai-je. Je n'en étais pas moins fort ébranlé.

Ainsi nous lisions ouvertement dans nos cœurs.

Je crois me rappeler qu'à partir de ce moment Angelo devint préoccupé, triste même. Mais puis-je attacher du crédit à cette impression ? En effet, je ne cessai pour ainsi dire pas d'être en état d'ivresse.

C'est la période des songes, des cauchemars. Je me demande encore s'il ne s'agissait pas d'hallucinations. Vit-on jamais des rêves revêtir un pareil caractère de réalité ? Je m'endormais à l'aube. L'ivresse m'écartelait dans mon lit. Il me semblait parfois que j'étais en traîneau, au milieu de plaines de neige. Les chiens tiraient l'attelage, le cocher sautait sur la piste, criait, fouettait. Moi je ne bougeais pas. J'étais au chaud sous des fourrures. Je fermais les yeux, m'enfonçant en moi-même à des profondeurs inconnues des autres hommes. Je découvrais une chevelure de femme, une boule rose qui crevait comme une bulle de savon. Cela me ramenait à la surface. C'était encore la neige, le traîneau, les chiens, les cris du cocher. Soudain naissait une sourde inquiétude. Où allais-je ainsi ? Ce traîneau... est-ce possible ? et la fin... Toute ma chambre chavirait. Il fallait me cramponner aux couvertures pour n'être pas renversé moi-même. Peu à peu, l'ordre se faisait. Cette tempête n'était qu'un mauvais souvenir, n'était même plus rien. Brusquement un trou noir, le sommeil, une mort. Mon cœur ne cessait-il pas de battre ? Je suis sûr que j'étais immobile, de façon anormale, avec un visage de pierre, des jambes de pierre. Cela durait des heures, des heures. Quel mystère ! Et tout à coup, j'étais mis en présence d'une action brutale, implacable. Debout, au milieu d'une pièce éclairée par un magnésium de folie, je me regardais dans la glace. D'abord, je riais, puis une épouvante folle s'emparait de moi. Je sortais de ma poche un revolver et me visais, dans la glace. Deux secondes, trois secondes de silence écrasant. Je tirais. Quel fracas, impossible à supporter, ce coup de feu, mon cri et ma chute dans une explosion de verre brisé.

Étais-je réveillé alors ? Je gisais sur mon lit, paralysé. J'ouvrais les yeux, sans aucun choc, aucune transition. Il faisait jour. Chaque objet gardait une immobilité insolite. C'était effrayant. Je surprenais quelque chose de défendu. J'allais comprendre... Trop tard. La table, les chaises devenaient innocentes, enfermaient leur secret. Je bougeais un bras de plomb, le bras d'un soldat tué. Le vie s'était recomposé un visage indéchiffrable.

Un soir que nous avions peu bu (quatre ou cinq verres d'eau-de-vie en tout), Angelo me raccompagnait chez moi. Je l'invitai à venir fumer une cigarette au coin du feu. Nous nous installâmes. La lampe, posée sur une table, éclairait mal. Nous étions blottis de chaque côté du foyer. Nous fumions en silence. Je m'aperçus qu'Angelo avait l'air inquiet, agité. Deux fois, il fut sur le point de parler, mais se reprit. Je l'observais sans qu'il s'en doutât.

— Serge, dit-il enfin (il parlait à voix basse et pressée), as-tu quelquefois des idées bizarres... je veux dire... bizarres, oui.

Il s'interrompit et me regarda d'un air timide. Je me gardai de lui répondre.

— Par exemple, reprit-il d'un ton précipité, si j'habitais cette chambre, j'aurais toujours envie de lancer un harpon dans la poutre du plafond.

Il se leva avec agitation. J'étais stupéfait.

— Un harpon ? balbutiai-je.

— Eh bien, oui. Je le prendrais comme cela (il saisit le tison), et, hop ! au plafond. Il se ficherait là.

— Quelle idée ! dis-je.

— Tu comprends, ajouta-t-il à voix tout à fait basse, on y attacherait une corde.

— Et pourquoi ? m'écriai-je.

— Sait-on ? Cela peut servir..., murmura-t-il.

Ces dernières paroles produisirent sur moi

un effet extraordinaire. Je me levai et me penchant sur lui :

— Angelo, tu vas m'expliquer..., tout de suite.

Il haussa les épaules en chuchotant :

— Laisse cela. Il vaut mieux ne plus en parler.

Il avait l'air excédé et si triste. J'eus pitié de lui. « Peut-être souffre-t-il encore plus que moi, pensai-je. Mais non, c'est un piège. Il veut me démoraliser. Que faire ? »

Je me rassis. Une bûche lançait de brèves étincelles. Angelo tirait de sa cigarette de lentes bouffées égales qui s'engouffraient dans la cheminée. Au dehors le vent hurlait en rafales. Je m'endormis.

Il ne fut plus jamais question de cela entre nous. Mais depuis lors, il n'est pas une journée, pas une heure où je n'aie esquissé le geste de lancer un harpon dans la poutre.

Novembre n'amena aucun changement. Il faisait froid dans ces montagnes. Mais comment sentir le froid quand on est toujours imbibé d'alcool ? Je ne songeais plus à partir. Il fallait que « tout cela se démasque ». J'attendais une solution (j'ignorais laquelle), mais il n'y avait pas une minute que je ne l'attendisse. Angelo avait dit vrai : nous étions liés. Je commençais à ne plus craindre qu'il me tuât «pour me dévaliser». Je craignais vaguement autre chose de bien plus horrible. Angelo se renfermait dans un mutisme complet, c'est-à-dire qu'il était redevenu l'homme que j'avais vu la première fois au café : ivrogne stupide et assommant. Jamais il ne lui arriva de faire allusion à son ancienne vie non plus que de parler, comme il l'avait fait une fois, de Cézanne et de la poésie moderne. Nous buvions comme des forcenés, à en perdre la raison. C'était un scandale inouï dans le village. On se rassemblait pour nous voir avaler de grands verres de marc. Chose curieuse, à dater de mon intimité avec Angelo toute ma timidité vis-à-vis des villageois s'évanouit. Mes nerfs malades avaient d'autres préoccupations et je traitais tout le monde avec la plus grande désinvolture.

Nous arrivâmes ainsi à la mémorable journée du 14 décembre. Mais il faut que je rapporte un petit fait qui se produisit le 12.

— Es-tu superstitieux ? me demanda Angelo.

— Oui, répondis-je.

— Alors, méfie-toi, c'est demain le 13, et un vendredi !

Il s'enfuit en riant tandis que je grommelais des injures à son adresse. Cependant je ne manquai pas, avant de me coucher, de toucher du bois pour conjurer le mauvais sort. Grotesque puérilité ! Tel est mon caractère. Je me souviens à ce propos de la réflexion d'un ami :

— Tu ne crois pas en Dieu, mais toute la journée tu touches du bois, et autres sottises... Voilà un homme libre !

Cette remarque m'avait beaucoup mortifié.

Revenons à la journée du 14 décembre. Par hasard, m'étant levé tôt, je me mis à boire dès le matin. Vers midi, je rencontrai Angelo qui revenait du travail. Il fut très surpris de me trouver debout et... déjà gris. Il m'emmena dans divers cafés et, je crois bien, m'incita à boire. Je remarquai pourtant que lui-même ne prenait rien.

— C'est que je dois travailler, dit-il.

J'acceptai l'explication pour ce qu'elle valait. D'ailleurs cela m'était égal. Quand il me ramena, j'étais abominablement ivre. On eut toutes les peines du monde à me faire monter l'escalier. Je me souviens de l'attitude de l'aubergiste : frappée de terreur et peut-être aussi d'admiration, les mains jointes sur son ventre. Arrivé dans ma chambre, je m'écroulai sur le lit. Angelo sortit, puis il revint sur ses pas et, me secouant :

— Écoute, Serge, écoute bien ce que je vais te dire...

Son insistance me tira de ma torpeur.

— Pour ton réveil, reprit-il, en criant et détachant chaque mot, pour ton réveil, je te prépare une surprise. Tu entends ? Une surprise... N'oublie pas qu'elle est pour toi, rien que pour toi.

Je le regardai, hébété.

— Tu entends ? ajouta-t-il, presque féroce.

Je hochai la tête.

— C'est bon, grommela-t-il entre ses dents.

Il partit en claquant la porte.

Il paraît qu'on ne le vit pas sortir de ma chambre. C'est pourquoi « le dénouement » fut connu si tard. Quant à moi, voici comment je l'appris. Je gisais ivre mort sur mon lit. La nuit était tombée depuis longtemps. Je crus entendre une lamentation et finis par ouvrir les yeux. Deux ou trois personnes étaient dans ma chambre. Je crois même qu'il y avait un gendarme. Ma propriétaire gémissait et se tordait les mains. Elle s'élança sur moi aussitôt qu'elle me vit éveillé.

— Angelo s'est pendu, pendu..., hurla-t-elle.

— Oh ! le cochon, m'écriai-je.

Et je retombai sur l'oreiller. Mon exclamation avait plongé tout le monde dans la stupeur. Je repris un peu mes esprits.

— Qu'est-ce que vous dites ? balbutiai-je. Il s'est pendu ?...

Aussitôt ce fut un concert de cris, d'explications confuses. J'étais ahuri.

— Et... l'a-t-on décroché ? insinuai-je.

— Ne lui répondez pas, il est saoul, braillait ma logeuse. Il est saoul et il rit.

Je ne riais pas du tout. Je commençais même à comprendre que c'était terrible, beaucoup plus terrible que ne l'imaginait la bonne femme.

— Ce n'est pas vrai ! m'écriai-je furieux.

Cette dénégation mit le comble à la rage générale.

— Tiens, regarde, rugit le gendarme (je crois bien que c'était lui).

Il brandissait un papier. Je ne me rappelle

pas ce qu'il y avait écrit : N'accusez personne de ma mort, ou toute autre chose de ce genre, mais ce dont je me souviens, c'est qu'en bas de la page, en petites lettres calligraphiées, on lisait : « Adieu, Serge. »

Je me mis à trembler. « Il s'est tué... ainsi, pensai-je. Il s'est tué exprès. Pour m'ennuyer, pour gâcher ma vie... » Je me levai en titubant non plus d'ivresse, mais de désespoir.

— Est-ce qu'on peut le voir ? demandai-je au gendarme.

— Il est tout noir, il tire la langue... et tout, glapit l'aubergiste.

Je fermai les yeux, en proie à une souffrance insupportable.

— Assez..., murmurai-je.

Comment je quittai le village, en cachette, après l'enterrement d'Angelo, comment je vécus ensuite, ce sont des détails, et qu'importe ? Ce qui est terrible, c'est que je ne puis me délivrer de cette pensée : Angelo s'est tué pour me démoraliser, par méchanceté. Ou alors, que croire ? N'a-t-il pas dit : Je te prépare une surprise ?

Et si j'avais rêvé tout cela ? Si j'avais rêvé toute cette histoire, si je rêvais encore maintenant ? Sait-on jamais ? On rêve, on rêve et tout d'un coup l'on se réveille au milieu d'une famille qu'on avait oubliée... Oh ! le doux, le merveilleux miracle... Me retrouver ailleurs soudain, avec d'autres mains que les miennes, une mère et la maison. et puis dans un pays, là-bas...

Je tremble d'y songer. Ma gorge se serre. Pourquoi toute cette détresse sur moi ? Qu'ai-je fait aux hommes, enfin ?

LE RODEUR

Quand Serge se réveillait le soir après une journée de sommeil épais, il était plus las, plus morne et seul que jamais. Sans courage pour oser le moindre geste, il regardait ses mains coupées sur les draps. Et il n'y avait rien qui vînt l'engager à vivre, à ressembler aux hommes qui vont dans les rues et sourient aux femmes.

Il espérait vaguement qu'il y avait erreur, qu'il était mort, ou parti ailleurs. Il essayait de s'imaginer soldat au Maroc, couché sous la tente, ou enfant, dans la maison de ses parents.

Toutes ces tentatives échouaient.

Il suffisait d'un regard sur sa chambre pour qu'il lui fût interdit de se leurrer davantage.

Un désordre extraordinaire et presque tragique y régnait. Du linge, des vieux paquets de cigarettes, un phonographe avec tous ses disques jonchaient le tapis troué. Serge fixait quelque chose dans la pièce, — parfois la cuvette pleine d'eau sale — et cherchait à se rappeler une phrase d'un rêve. Il n'y avait plus rien que la chambre et les mains de Serge, son corps lourd.

Il allait falloir se lever.

Serge aurait voulu pleurer, mais pour quelle raison ? Mieux valait s'avouer vaincu, ne plus regimber et sauter du lit, avec la gorge sèche et le cœur dur. A moins que cela ne soit encore un rêve.

Serge attend. Il a presque oublié de penser. Voici les murs, le couvre-lit en piqué, tout ce qui est intolérable et qu'il faudrait quitter — non seulement cette chambre, mais toutes les chambres où l'on ne peut vivre parce que c'est impossible d'être seul en détresse quand soi-même on n'est même pas triste.

Serge joint les mains. Il voudrait attendrir. Est-il vrai qu'on abandonne les hommes, qu'il n'y ait pas un endroit facile où les muscles se détendent ? Faudra-t-il être toujours ainsi ? Les autres travaillent, rient, s'aiment. Il existe des lois, des coutumes. On espère, on souffre. Personne n'est vide sous un ciel creux.

Serge rit. Est-ce une révolte ? Mais peut-être ment-il.

Il se lève sans plus tarder et commence machinalement des ablutions minutieuses.

Un silence formidable entoure ses gestes,

leur donne une ombre démesurée qui remplit la chambre de folie.

Peut-être Serge est-il resté longtemps, les bras morts, devant le miroir qui lui renvoie son teint, ses yeux incompréhensibles. Comment cette bouche, ce regard lui appartiennent-ils ? Serge éprouve les mêmes surprises devant sa peau. Rien de tout cela n'est à lui. Il habite le corps d'un autre. Quand il ferme les yeux, il se voit un visage crispé, la poitrine marquée de cicatrices. S'il pouvait faire obéir cette chair indifférente ?

Serge se couvre les joues. Sa robe de chambre prend des plis profonds comme les vêtements de pierre des sculptures. Serge fait un pas. Ses yeux ouverts ne voient rien. Il ne risque plus un mouvement. Il est presque bien. Son immobilité ressemble aux statues qui ont l'air de bouger. C'est alors qu'il se retrouve, avec une attitude de tragédienne qui oublie son rôle, qui s'éternise.

LE RODEUR

Serge prit un mouchoir dans une pile de linge, encore enveloppée dans le papier de la blanchisseuse. Il jeta un dernier coup d'œil au miroir. Son costume bien coupé lui plut. Avant de sortir il vérifia le contenu de son portefeuille : mille francs. Là-dessus, il claqua la porte et descendit l'escalier où une odeur infecte prenait à la gorge sous la voûte de pierre des paliers.

Il était dix heures du soir. Il faisait beau. Les quartiers empestés de la vieille ville grouillaient de vie, d'odeurs, de vermine. Serge marchait vite. Il fut bientôt sur la digue. La Méditerranée apportait d'Afrique sa vague unique. Quelques promeneurs louches fumaient des cigarettes. Le casino étincelait sur la jetée. Serge s'approcha distraitement.

« Pourquoi ne suis-je pas content ? pensait-il. Mille francs ! Quels ignobles métiers ne fait-on pas pour les gagner ? »

Il songeait : rien devant moi...

Cette pensée, loin de l'émouvoir, lui séchait le cœur encore davantage.

« Je m'en fous, » conclut-il.

Il s'était engagé dans une avenue mouvementée. Le fracas des automobiles l'entourait de solitude.

« Je marche, je marche et rien ne m'attend. Pourquoi ne suis-je pas resté enfoui jusqu'au cou dans la saloperie de ma chambre ? Vais-je encore une fois entrer dans la vie ? Comment me prouver que rien ne m'attend. La valeur de ce mot est... formidable. »

Il resta muet un instant. Sa pensée sombrait dans le bruit, dans la foule.

« C'est samedi, je vais aller chercher Jojo. »

Ce but donné à son oisiveté remplit Serge d'allégresse.

Les voyageurs commençaient à défiler.

« Je compte jusqu'à dix, pensait Serge. Si à dix il n'est pas là... Un, deux, trois...

Quelle angoisse me prend ! Pourvu qu'il vienne, qu'il vienne... Il ne viendra pas. C'est fini. Plus personne. J'arrête ce marin. »

C'est seulement au café que Serge remarqua le visage du matelot et ses yeux qu'un léger tatouage soulignait.

— Pourquoi t'es-tu fait faire cela ? dit-il.

Le matelot eut un geste d'insouciance :

— Le cafard !

Ils restèrent silencieux. Une trame de détresse, de douceur se tissait précipitamment entre eux. Ils échangèrent un regard et reconnurent qu'ils étaient compagnons de misère. Serge rêvait.

« Comme je ne suis pas riche, je n'aime plus personne. On prend trop l'habitude de se faire désirer soi-même pour se laisser prendre aux pièges des autres. Pourtant ce marin me sauve. Le souvenir de Jojo serait devenu insupportable (Jojo qui arpente, un sourire aux lèvres, les rues de Toulon). Et celui-ci, que pense-t-il ? Je devrais lui expliquer... Puis-je lui dire : « Je te prends pour avoir quelqu'un de semblable à moi. Nous sommes tellement pareils qu'on sera seul. Avec une femme, on n'est jamais seul et je suis trop fatigué pour avoir le courage d'être deux. Quelle tirade ! Matelot, tu sens toutes ces choses... »

Serge fut interrompu par le patron du café qui les invitait à partir.

« Nous voici dans la rue, reprit Serge. Jean me suit (au fait, s'appelle-t-il Jean ?). Dix bars éclairent la chaussée. Ce sont des bars ouverts comme les gares où les trains ne s'arrêtent pas. Allons chez Maurice. »

Chez Maurice, Jean dansa. Le piano mécanique lui inspirait les petits pas d'une java de convention. Avec son béret, son pantalon trop large dans le bas, sa danseuse aux courts cheveux plaqués, il composait un tableau du genre parfaitement réussi. Serge haussa les épaules. Son malaise s'aggravait.

— Tiens, te voilà, lui dit le patron.

— Jojo est venu samedi dernier, ajouta Jules, le barman. Personne ne savait ton adresse.

Il se rapprocha :

— Je te croyais fait.

Serge se taisait. Il aurait voulu demander des précisions.

« D'où vient que je monologue tout le temps ? pensait-il. Quinze jours de solitude m'ont plongé dans moi-même. Je ne peux pas d'un coup regagner la surface. Le pourrai-je jamais ? Cette idée me fait peur. Que deviendrais-je si je ne pouvais plus jamais me quitter ? Il faudrait tout de suite faire un effort. Voici le matelot. Il est content. C'est étrange comme ce tatouage donne de la tendresse au regard. Ces yeux que la vie et le cafard ont encerclés... Il me semble que je reviens d'un voyage. Je retrouve partout les mêmes visages. Pourquoi pensais-je ne plus rien reconnaître ? Supposons qu'une jeune fille... que j'aimerais... Stupide question. Jojo est pur. Il m'a raconté comment on embarque une femme. Ses yeux pétillaient de joie cruelle. Comme il était dur et tendre. D'une femme on peut tout faire. Peut-être les hait-il. Toulon lui a révélé son charme. Il a découvert la douceur. Ses lettres finissent toutes par ces mots : ton copain qui pense à toi. Il pleure sur le quai : « C'est le cafard ! Vache de métier... » Pauvre Jojo. Je revois tes yeux, ta tristesse de jeune affranchi.

» Comme je parle ! Cela m'inquiète. La cocaïne procure parfois cette volubilité. Un soir j'en ai pris pour me calmer. Immédiatement quelqu'un s'est mis à me parler. Les phrases s'enchaînaient à une vitesse folle, mais fort bien construites et si claires, si évidentes. J'écoutais, je hochais la tête. A la fin ce discours m'éreintait. J'essayais de faire le vide en moi. Pour me libérer, je récitais des poèmes. Sale nuit ! Cela me fait penser que j'ai un paquet de coco sur moi. Quelle imprudence ! Dans un endroit comme ici... »

— Combien te dois-je, dit-il au barman

en glissant le petit paquet dans un billet de cinquante francs.

Quelques instants plus tard, cinq ou six hommes faisaient irruption dans le café. Un inspecteur demandait les papiers. On entendit des cris. Un jeune homme était emmené pâle et titubant.

« C'est Georges, pensait Serge. Comme tout cela s'est vite passé. Où est Jean ? Il faut avouer que j'ai passé au travers. »

Jules s'extasiait :

— Pour une veine, c'est une veine. Je sens le paquet dans ton billet, j'en devenais vert et ce sale flic qui te fouillait !

Il donnait de grands coups de poing sur le zinc du comptoir. Le patron approuvait, très troublé. Tout à coup, il se dressa. Une colère insensée lui nouait la gorge.

— A la porte ! à la porte, tous..., hurla-t-il.

Les mots s'étranglaient dans sa bouche. Il bondit sur Serge, lui secoua l'épaule :

— Et toi, toi...

Mais il recula, foudroyé par le regard du jeune homme. Des lambeaux de phrases sortaient de lui. Il saisit un tout jeune garçon et lui frappa le visage, de toutes ses forces. Il y eut un silence. Une sorte de stupeur paralysait le bar. Serge se parlait à voix basse : « Je ne veux rien voir. Ce n'est pas vrai. Je suis dans un train qui file à travers la campagne. Il y a une prairie où broute un cheval. Un petit poulain s'approche. J'arrive dans une auberge où j'allais dans le temps, mais personne ne me reconnaît. Seul le chien vient poser sa tête sur mes genoux. Il est tout confus, parce que ce n'est qu'un chien... »

Le bar reprenait peu à peu sa vie peureuse. Une atmosphère de catastrophe pesait sur la salle. Dans un coin une femme pleurait. Le bruit de ses sanglots attira l'attention de Serge.

« Elle pleure et ne sait pas pourquoi. La rafle qui la délivre de Georges devrait la réjouir. Elle pleure par convenance, comme on porte le deuil d'un oncle jamais vu. C'est moi qu'elle aime et je ne l'aime pas. Jean la console. Il lui prend la taille. Comme elle a pâli. Elle va parler. Ses lèvres tremblent. »

— Serge, aie pitié de moi. Je suis seule comme la dernière... Il me faut pleurer ou mourir. Georges me parlait le langage qu'il faut. Le soir il me rouait de coups et de baisers. Quelquefois je l'aimais parce que je me figurais que c'était toi. Que t'importe de m'emmener ? La nuit, j'ai peur dans ma chambre. Tous les objets me regardent. Je suis seule et vivante Ce soir je te dirai tout. Il faut que je parle sans arrêt, comme une folle...

Pourtant Loulou se tut Elle passait une main égarée dans ses cheveux. Son silence grondait. Serge, surpris, contemplait sa bague. Il ne pensait à rien. Le matelot était retourné danser, et Serge et Loulou, seuls au bar, étaient seuls comme des naufragés au milieu de l'Océan. C'était pour eux une heure fatale et désolée.

— Il n'y a plus rien à faire. Il faut bien que tu me prennes, dit Loulou, comme si le paroxysme de sa détresse lui donnait le droit d'être satisfaite.

« On recueille une épave, songeait Serge. Puis-je passer sur mon petit bateau, sans voir, comme un sous-marin après le torpillage ? Jamais je ne me dégagerai de ce désespoir. Parfois je voudrais pousser un cri. Tout le monde rirait. Si je pouvais oublier ce que je sais d'affreux et de trop triste et qui fait de ma vie cet enfer dans une chambre jamais faite ! D'autres jouissent du soleil, de la joie fraîche du matin. Pendant que nous dormons, saouls de misère, d'alcool et de fatigue, ils connaissent le plaisir d'un corps souple. Des jeunes filles aux yeux bleus parfument tout et chacun peut espérer emmener l'une d'elles, dans sa maison ouverte comme un bungalow de cinéma américain. »

— Tu comprends, dit Loulou, j'en ai assez. J'ai envie de m'évanouir, de tomber morte. Il y a un certain point qu'on ne peut dépasser. Il faut changer ou tomber. J'accepterais une misère bien plus grande si j'étais sûre de te retrouver après avoir satisfait tous les désirs des hommes. Mais il faut, il faut...

Elle s'interrompit et fixa sur Serge un regard de folle.

— Tu bois trop, murmura-t-il.

Loulou reprit :

— L'alcool nous sauve. Tu t'éloignes et je ris. Un rire énorme me secoue et si j'ai mal je ris encore.

Serge prit un air pensif :

— Peut-être irai-je chez toi une nuit, si tu parles ainsi.

Mais Loulou secouait la tête.

— Je veux me taire et te regarder. Sens-tu comme nous nous quittons ?

Elle disait vrai. A toute vitesse, ils s'éloignaient l'un de l'autre. Aucun d'eux n'avait plus le courage d'écouter. Elle, qui l'aimait tant, s'étonnait de sa satiété. « Je ne l'aime plus, » pensait-elle. En même temps elle mesurait pour la première fois l'immensité de son amour.

Serge s'éloignait dans le passé. « Tous mes amis russes sont morts, pensait-il avec une émotion extraordinaire. Ma sœur Katia qui jouait au tennis comme une reine... Et moi, je vis dans les bordels, les poches pleines de cocaïne. Quand je suis malade, je lutte tout seul contre la mort. » A partir de ce moment son émotion cessa d'être sincère. Il se forçait aux larmes, pour le plaisir. Jean le rejoignit comme il allait parvenir à pleurer.

— J'ai dansé. Je suis content. C'est une bath poule, mais la mienne me plaît mieux. Tiens, regarde la photo.

Il montrait un carton sali où souriait une fille blonde. Le photographe, artiste, avait ajouté dans le coin le portrait de Jean tout embué, « en rêve ». Ainsi la jeune fille songeait au fiancé matelot. Et il se dégageait de cette double photographie une merveilleuse naïveté. Serge la contempla longtemps. Loulou, assise sur un tabouret du bar, soufflait le papier des pailles. Les personnages du drame s'enfermaient dans leur cercle.

— Il est trois heures, dit quelqu'un.

— On ferme, cria le patron.

Chacun pensait à la dure nécessité de rentrer chez soi. Vingt chambres d'hôtel attendaient les habitués de chez Maurice. Serge mit son chapeau. Il avait oublié le marin et Loulou. Le boulevard agrandi alignait une file interminable de becs de gaz. Loulou s'empara doucement du bras de Serge. Le matelot balançait les siens. Ils marchaient n'importe où, droit devant eux. Seule Loulou savait qu'elle devait réussir, ce soir ou jamais, à emmener Serge. Cette pensée lui séchait la gorge. Elle aiguillait avec art le pas des deux hommes. Un silence complet les entourait, qu'elle n'osait briser de peur de tout gâcher. Arrivée devant sa porte, elle ouvrit et leur fit signe de passer.

Son cœur s'était arrêté. Elle monta l'escalier sur la pointe des pieds et l'ombre de Serge qui dansait sur le mur lui coupait les jambes. Pendant qu'elle allumait l'électricité, Serge et Jean attendirent sur le palier. Elle tardait à venir les chercher. Un tremblement nerveux s'était emparé d'elle, et une immense désillusion mitigeait sa joie profonde : « Voilà, je suis heureuse, heureuse... et je voudrais lui dire de s'en aller. Mon bonheur... m'écœure. »

Elle rangeait fébrilement la table de toilette. A la fin Serge et Jean entrèrent.

— Si j'étais civil, disait Jean, j'aurais un complet veston beige et de chic petites pompes, pas de gilet et une ceinture très basse sur ma chemise rose.

Il avait si bien parlé que tout le monde le vit. Pendant un instant ils furent quatre, puis le personnage créé par la nostalgie du matelot s'évanouit. Jean oublia son rêve irréalisable.

La chambre de Loulou sentait la pommade,

l'alcool à brûler. Des bas de soie traînaient sur le fauteuil en velours rouge. L'abat-jour, fait de pétales artificiels, retombait tout fripé sur une ampoule rose presque morte. Cette chambre à peu près rangée était encore plus triste que celle de Serge. La présence de Loulou y ajoutait un caractère tragique que rien ne pouvait expliquer, mais inévitable.

Jean commença tout de suite à se déshabiller. Avec ses cheveux coupés ras, son tricot à raies bleues, ses yeux cernés, il avait l'air d'un enfant qui a mauvaise mine. Serge se sentit envahi par une pitié trouble. Lui aussi se déchaussa, enleva sa veste. Aucune pudeur ne le retenait. Le marin quitta son maillot pour montrer son tatouage, une grande fleur bleue entre les seins, deux initiales entrelacées sur le cœur. Sans plus s'occuper de Loulou figée, ils se couchèrent. Serge posa la main sur l'épaule du matelot. Loulou éteignit, se dévêtit en un instant et se glissa dans le lit. L'ombre lui donnait du courage. Elle osa se blottir contre Serge. Leurs membres s'emmêlèrent.

— Bonsoir, cria Jean.

Toute sa jeunesse se révoltait contre sa solitude dans ce lit où il y avait une femme, mais la fatigue était plus forte que son désir et il s'endormit.

Loulou imprimait ses lèvres dans la chair de Serge. Ce baiser le faisait souffrir comme une morsure.

Il y eut un grand silence. Le matelot prononça en rêve des paroles incompréhensibles. Loulou s'endormait dans une paix profonde. Serge aussi était presque heureux. Il perdit pied, s'enfonça dans le sommeil. Son bonheur s'y effrita inexplicablement. Il s'éveilla, tordu d'angoisse.

« J'ai dormi une heure. Voici l'aube. Je suis seul éveillé dans tout le sommeil du monde. Pourquoi faut-il que je sois toujours seul ? Pourrai-je supporter tant de détresse aujourd'hui ? Le matin m'offre poings liés au suicide. »

— C'est trop, murmura-t-il. J'ai trop de mal.

Il ébaucha un geste pour montrer l'endroit où il souffrait. Sa main retomba.

— C'est de la blague, je n'ai mal nulle part.

— Mais si, tu souffres.

« Voici cette voix qui reparaît, pensait Serge. Elle a toujours raison. C'est vrai que je souffre. Il faudra céder, une fois. J'ai tort de me raidir. Mes muscles dénoués entreraient dans la mort. Mourir, mourir, mourir. En répétant les mots on se glisse dans leur gaine. Imagine ce miracle ! entrer mes bras, mes jambes, tout mon corps, dans la mort. Plus rien d'humain ne peut m'atteindre. Je suis délivré de moi-même. »

Serge se tut. A côté de lui, Loulou et le marin dormaient comme on meurt. Leur absence créait une solitude presque intolérable. Serge se demanda s'il n'allait pas les réveiller pour implorer leur aide. Il les regardait avec avidité.

Dans son sommeil le matelot avait passé un bras sous la tête de Loulou. Tourné vers elle, il dormait, la bouche posée sur l'épaule de la jeune femme. Elle reposait dans un anéantissement qui donnait à Serge une nostalgie de sommeil. Ses yeux, ses lèvres maquillées creusaient un visage irréel.

« Voilà, c'est une femme, pensait Serge. Je pourrai toujours vivre avec elle. Et nous finirions par en crever tous deux. »

Cette dernière phrase, qu'il prononça tout bas, déclencha en lui une immense surprise.

— Qu'est-ce ? murmura-t-il.

Il venait de s'apercevoir que tout ce qu'il avait pensé était exact, que même la réalité le surpassait, qu'il l'avait sous-estimée.

Il se mit sur le dos, croisa les bras et attendit. Le jour entrait peu à peu dans la chambre pleine de vêtements jetés. Un camion fit trembler les vitres, écorcha durement le silence. On entendait la respiration des dormeurs et un bruit de pas dans la pièce voisine.

Serge ne bougeait pas du tout. Il lui semblait qu'il ne bougerait plus jamais.

La vie de Serge est faite de nuit. Il s'éveille à l'heure incertaine où les appels de la ville, les sirènes des grands navires qui partent sur la mer calme prennent une importance si poignante.

Une trompe d'automobile lance un cri. Quel voyageur ce taxi mène-t-il vers une gare inconnue ?

Et toutes les peines des hommes... Ceux qui attendent une maîtresse infidèle, ceux qui marchent lentement au bord du fleuve. Les femmes qui pleurent et se tordent les bras. Et la vie continue. Les ouvriers se lèvent trop tôt, las à mourir, les soldats entendent dans leurs rêves la sonnerie du réveil... Tout le monde est seul. Jean est reparti pour Toulon. Sur la banquette de bois du wagon, sa main tombe de sommeil. Jojo n'écrit plus. Une femme couverte de perles serre le vide dans ses bras. Quelle jalousie grotesque étreint Serge ? Il voudrait garder près de lui les compagnons d'une nuit. Pourquoi s'enfuient-ils dans leur vie inaccessible ?

Serge frissonne d'angoisse. Il tend vers la nuit ses mains jointes. Comment, comment vivre, mon Dieu ?

Les habitués de chez Maurice se retrouvaient le soir dans le bar pavoisé comme une gondole. Serge les rejoignait plus tard. Il s'attardait sur les quais, dans le vieux port où se balancent les yachts. De telles promenades augmentaient sa détresse. Peut-être les faisait-il précisément pour éprouver cette impression de solitude, ce malaise physique du soir et du printemps. Il savait qu'il était hors d'état de supporter l'angoisse des crépuscules trop lents et plus tendres. Il errait quand même, d'un pas incertain, avec un léger sourire maladif. Partout la vie grouillait. Des écoliers couraient et parfois poussaient un cri strident. Quelques prostituées lançaient de longs regards et des appels à mi-voix. Des couples passaient, très pressés; d'autres au contraire marchaient doucement. Il y avait aussi des ménagères criardes, des employés, des gens qui portaient une caisse ou autre chose. Tout le monde avait un but, et même ceux qui allaient au hasard avaient encore une idée, ou jouissaient du beau temps, se reposaient de leurs fatigues. Était-il possible que personne dans cette ville ne ressemblât à Serge ? Mais peut-être tous les hommes étaient-ils pareillement malheureux. C'était un secret honteux dont on ne parlait pas.

« A quoi vais-je penser ! murmura Serge.

Cela est sans importance et... en dehors de la question. Il faudrait plutôt essayer de trouver un refuge. Tout d'un coup (sait-on) on trouve. Il suffisait de démasquer un hasard. »

Il avait perdu le fil de ses idées. Pendant quelques minutes il s'arrêta devant l'étal d'un boucher. Puis il reprit sa route en hochant la tête.

« Pourquoi ces imbéciles ne cherchent-ils pas à nous garer du désespoir ? Ils inventent un avion géant, des obus et ne songent pas à guérir leur cœur énorme qui les mange... »

Serge s'interrompit encore. Il se sentait las et excédé par cette histoire.

« Je vais me reposer, décida-t-il. Je ne penserai plus. J'irai au bar, je les écouterai. Tout me sera égal. »

Chez Maurice, il n'y avait presque personne. Le bar offrait l'aspect dévasté que prennent ces endroits en dehors des heures d'affluence. Des plaines de vide séparaient les chaises.

Deux jeunes gens, les coudes sur une table, parlaient à voix basse. Les silences donnaient à leurs propos un relief implacable. Parfois ils regardaient leur verre, lissaient d'une main légère leurs cheveux bien peignés.

— José en a pris pour trois ans, murmura l'un.

— Vaut mieux ne pas y penser...

Les deux buveurs se turent. Ils semblaient écrasés par le souvenir de leur camarade. Une sorte de lassitude alourdissait l'atmosphère du bar. Serge pensait à José qu'il ne connaissait pas. « Voilà, voilà..., » répétait-il stupidement.

Loulou entra. Elle était fardée, merveilleuse, tragique. Ses vêtements de prostituée lui seyaient comme un plumage. Chacun de ses gestes était une réussite, un miracle.

— Viens danser, supplia-t-elle.

Serge la prit dans ses bras. Il croyait tenir

un mannequin de chair tendre, de plumes, de parfums.

— Tu m'aimes ? implora-t-elle.

Il avoua :

— Je m'en fous.

Elle se raidit un peu, appuya le menton sur l'épaule de Serge. Cette danse était interminable.

Enlacés, Serge et Loulou voltigeaient étrangement. Parfois ils surprenaient un éclair de miroir, le geste d'une chaise qu'on retourne, un verre suspendu à la main d'une femme. Loulou s'étonnait d'être si légère malgré sa lassitude. « Encore cette fièvre, pensait-elle. Mon Dieu, je vais crever là... et s'il voit que je crache du sang ? Comme il m'a dit cela : je m'en fous, je m'en fous... »

Soudain ils furent séparés par du silence, projetés chacun de leur côté, dans une vie sans musique. Serge fit semblant de rire ; Loulou s'enfuit au lavabo.

Le bar s'était rempli de femmes maquillées, de garçons qui portaient des pantalons beige et de courts vestons serrés. Des exclamations se croisaient.

Serge avait l'impression de se hausser sur la pointe des pieds, de découvrir « de l'autre côté » une vie pleine de sourires peints, de larmes, de folie. « Je tombe, je m'évanouis, je vais tomber, » se disait-il très vite. Il lui semblait qu'il préparait sa chute, qu'il l'aidait. Ses oreilles bourdonnaient. Le bar, pulvérisé, gravitait autour de lui. Il entendit le cri de Loulou qui s'élançait. Puis ses jambes, son corps s'enfoncèrent dans le plancher, sous des chaises, des tables, des bouteilles en miettes.

Il reprit connaissance chez Loulou.

Elle lui caressait le bras, l'enveloppait d'un regard désolé et murmurait : « Serge, mon Serge... je suis là... je t'aime... Serge, mon petit Serge... »

« Si j'ouvre les yeux, pensait-il, je verrai la lampe fanée et ses yeux... Comment supporter cela ? »

Il voulut se forcer à imaginer quelque chose, mais sa pensée le fuyait. Il voyait un jardin de campagne, avec des poules grattant la terre et, sur un arbre en fleurs, un épouvantail figé dans une attitude tragique. Ce tableau avait la dureté des paysages de rêve. Serge n'essayait pas de s'y soustraire. Sa faiblesse agissait à la manière de certaines drogues, faisant défiler sous ses yeux des prairies, des troupeaux, un berger et son chien. D'autres images se formèrent. C'était en Russie, pendant la Révolution. Il voyait sa mère, ses frères morts. Un homme frappait sa sœur à coups de crosse. Elle remuait les mains par saccades. Serge se penchait sur une mère inconnue, des frères graves, une sœur pathétique, échevelée, couverte de blessures sombres.

Serge rouvrit les yeux. Un léger bien-être le pénétrait. Il avait la fièvre. « Voilà... Cette femme... et la Russie. Katia morte... Comme c'est loin ! » Il délirait un peu.

« J'avais quatorze ans, continua-t-il. La révolution, j'étais trop jeune ou trop bête pour la faire. Je n'osais, je ne pouvais bouger. Mon cousin Ivan vint me chercher.

Nous habitions une maison dans les faubourgs. En bas logeait un officier de son régiment. Ivan disait : « C'est un mauvais endroit. »

» Il me regardait avec son sourire habituel qui creusait le coin de ses lèvres.

» Une nuit je fus réveillé par des cris. Ivan était déjà debout, collé contre les vitres. Des soldats frappaient à la porte, en bas. Il y eut un tumulte, des protestations, et l'officier qui habitait le rez-de-chaussée fut jeté dans la rue, à peine vêtu.

— » Laissez-moi au moins prendre un » manteau, » glapissait-il.

» Nous restions à la fenêtre devant l'ombre. Il neigeait. Les flocons voltigeaient, se posaient sur le châssis. Je retenais ma respiration. Ivan poussa un soupir. J'étais sûr qu'il serait emmené à son tour.

Les volets restaient fermés toute la journée. Nous avions très froid. Ivan faisait bouillir le samovar sans arrêt. Nous buvions d'innombrables tasses de thé. Peu à peu, je ne sais comment, nous avions pris l'habitude de parler à voix basse. Ivan prenait une guitare et jouait tout doucement, la tête penchée. Vers le soir, je tremblais, j'avais presque des crises nerveuses. Ivan faisait mine de ne pas s'en apercevoir.

» Dans le lit, il me serrait de toutes ses forces contre lui. Mon corps devenait chaud. Je m'endormais.

» C'est alors que parait Annouchka. »

Serge se sentait un peu inquiet et fort distrait. Les souvenirs qu'il évoquait ne lui causaient aucune émotion. Jusqu'ici, il s'y était intéressé « en amateur ». Maintenant, la suite de l'histoire l'ennuyait. Il ne la poursuivait que par devoir, comme si on l'eût forcé d'achever. Loulou s'était étendue à ses côtés. Elle se soulevait sur le coude pour contempler son amant. Elle le croyait endormi et n'osait lui baiser la bouche comme elle aurait voulu. Ce sommeil si léger et si profond lui donnait un sentiment de malaise

Quand Serge se sentait regardé, il feignait un geste de dormeur. D'une main lourde, il écartait des songes, posait sur son front des doigts de marbre. Cette comédie, parfaitement jouée, arrachait à Loulou un soupir d'anxiété, de bonheur.

« A cette époque Annouchka pouvait avoir vingt-cinq ans. Elle habitait au-dessus de chez nous. Quand je la rencontrais dans l'escalier, elle me regardait en riant et je devenais rouge de honte et de colère. Un jour elle me prit à part.

— » Seriaga, mon chéri, dit-elle, s'il y a encore une perquisition, monte vite avec ton ami. Chez moi, vous serez en sûreté. »

» Ivan voulut aussitôt aller lui demander des explications. Il revint enthousiasmé.

— » Cette femme nous sauvera,» répétait-il.

» Je pense qu'elle lui avait fait boire de la vodka.

— » Je ne peux pas t'expliquer... quoique que tu sois en âge... Bref, elle connaît quelqu'un de très haut placé. Cette Annouchka, c'est un ange... »

» Je restais sombre. Peut-être étais-je jaloux ? Il s'en aperçut et voulut me faire danser.

— » Ton Annouchka nous perdra,» criai-je.

» J'avais dit cela par hasard. Ivan me regarda curieusement. Sa joie était tombée.

» Nuit et jour, nous attendions. Je tombais souvent en convulsions. Ivan me frappait le visage avec une serviette mouillée. Si j'avais été seul, je fusse allé tout de suite me livrer et Ivan y serait allé de son côté.

» La dernière nuit arriva. Nous dormions. Je me levai au bruit des coups. Ivan voulait absolument s'habiller.

» Nous étions dans l'escalier quand la porte d'entrée s'écroula. Annouchka nous attendait sur son palier. Elle était en chemise, les cheveux dénoués.

— » Couche-toi, » dit-elle en me montrant son lit.

» Ivan et elle restèrent contre la porte entre-bâillée. Le pas des soldats montait. Ivan fit un geste de surprise en s'apercevant qu'on ne s'arrêtait pas à notre palier. Il fixa sur Annouchka un regard amusé. Moi, je ne comprenais encore rien. Les soldats entrèrent.

— » Vous êtes le prince K... », dit l'un en désignant Ivan.

— » C'est moi, » répondit-il.

» Un silence parfait succéda, ce silence d'une qualité si spéciale, qui annonce les drames.

— » Et celui-la ? » dit quelqu'un en s'avançant vers le lit.

— » Celui-la, c'est mon frère, imbécile ! » rugit Annouchka.

» Elle se radoucit aussitôt.

— » Et vous ne venez pas aussi pour la vodka ? » balbutia-t-elle.

» — Oh ! la vodka... »

» Un rire secoua tous ces hommes. Ivan regarda encore Annouchka, puis dans ma direction, et sortit le premier.

» Il me semblait qu'on m'avait bâillonné, que j'étouffais.

— » C'est vous..., c'est vous qui l'avez dénoncé. répétais-je.

— » Mais non, Serge, mon chéri, tu vois bien qu'ils sont venus pour la vodka, rien que pour cela... et ils l'ont trouvé, lui... »

» Elle se coucha près de moi, m'enveloppa dans ses bras, me couvrit de baisers, de caresses que je ne connaissais pas. Elle râlait doucement. J'étais fou de désespoir, de honte.

» Le lendemain, je voulus regagner notre appartement. Annouchka m'arrêta :

— » Est-ce que mon frère peut habiter le logement de cet officier ? »

» Parfois elle était prise d'une sorte de délire :

— » Oh ! Seigneur, il me hait, il me hait ! Serge, reviens... Je t'aime. »

» Sa voix se brisait, m'éclaboussait d'effroi. Je restais collé au mur, la tête dans mes mains. L'ombre envahissait la pièce. Il y avait cette femme, sa détresse, et mon épouvantable cœur d'enfant.

» Je descendais souvent dans notre ancien logis. Annouchka croyait que j'allais me promener. Le manteau d'Ivan pendait à un clou. Je me couchais à plat ventre sur le parquet. Je ne pensais à rien. Après des heures, j'ouvrais les yeux dans une chambre étrangère, où j'avais vécu avec Ivan. Je touchais son manteau, avec une méfiance triste.

» Annouchka fut-elle dégoûtée de moi ? Je crois plutôt qu'elle eut pitié. Nous étions comme de vieilles épaves... Elle me dit :

— » Puisque tu es grand et fort comme un garçon de dix-huit ans, tu vas partir avec les prisonniers autrichiens. Tu sais l'allemand. Tout ira bien. »

» Le lendemain elle me donna un passeport.

» Mais comme je m'en allais, elle me retint pour me regarder dans les yeux avec un air de folle.

» Je descendais dans les gares. Je croyais toujours qu'on allait m'arrêter, qu'Annouchka me ferait rechercher. J'oubliais de parler allemand. A la frontière tout le monde cria. Je restai, le nez à la vitre, devant ce pays qui me faisait peur. »

Loulou s'était endormie. Sa main posée sur le bras de Serge palpitait comme un cœur.

Peu à peu elle sortit de ses rêves à tâtons, la bouche, les mains pleines de choses inconnues.

— Annouchka ! dit Serge.

— Qu'est-ce que tu as ? murmura Loulou avec un geste de crainte.

— J'ai soif...

Il suivit sa marche hésitante, ses grands gestes faux du sommeil. Elle avait allumé une lampe qui servait pour ses fers à friser. Dans une petite casserole, l'eau chauffait en chantant.

— Voilà, c'est de la tisane, dit Loulou en apportant une tasse pleine.

Serge but à petites gorgées. Il était préoccupé.

« Maintenant, dans une minute, je ferai quelque chose d'ignoble, » songeait-il.

Loulou lui prit la tasse des mains. Serge tremblait d'anxiété.

— Je veux que tu te couches par terre, dit-il, en détachant chaque mot.

D'abord Loulou ne comprit pas.

— Par terre ? murmura-t-elle avec un léger sourire.

Il fit un geste impérieux.

— Tu veux que je couche par terre ? répéta Loulou.

Elle le regarda longtemps, attentivement, et s'étendit sur le dallage.

« Allons, c'est bien, pensait Serge. Je croyais que je n'aurais pas la force... » Il sentit qu'une souffrance terrible allait le pénétrer, qu'il fallait « se distraire ». Il voulut continuer son histoire. Mais les mots ne venaient pas.

Il s'endormit. Loulou avait des quintes de toux que Serge percevait dans son sommeil.

Il se réveilla à l'aube. Instantanément il se souvint.

« Elle est là, par terre. Elle tousse... Et c'est moi ! »

Loulou dormait. Ses joues étaient rouges et brûlantes. Elle abandonnait à Serge des mains de morte. Il la prit dans ses bras sans qu'elle s'éveillât, l'étendit sur le lit. Il touchait ses membres glacés, sa figure chaude. Il aurait voulu mourir pour elle.

Loulou ouvrit des yeux vides.

— Mon homme, mon petit homme..., murmura-t-elle.

Une passion brutale incendiait la ville, et même la mer indifférente semblait amoureuse des beaux corps qu'elle baignait. Serge portait d'élégants costumes de flanelle. Il était libre, il avait de l'argent... Il se sentait aride comme ce paysage brûlé par l'été.

Parfois, avec la nuit, tombait un peu de douceur. Aussitôt Serge sentait fondre sa sécheresse. Il marchait avec du cœur malade plein les mains. Ses jambes lourdes traînaient. Il avait envie de gémir, comme les vieilles qui crient : « Ho, là ! ho, là ! » en montant dans le tramway et qui s'asseyent avec une figure de cire. Il se couchait sur la plage, dans les cailloux frais. La mer apportait, emportait ses vagues. Le ciel fourmillait de phares, de repères mystérieux. Souvent un couple prenait place à côté de Serge. Une voix d'homme montait, pleine de prières, de menaces. Quel silence succédait ! La mer, le ciel tendaient autour leur bruissement. Serge était écrasé d'amour. Il jetait sur sa vie un regard affolé. Rien, rien...

Serge regagnait la digue. Il fixait avec inquiétude les feux rouges qui marquaient l'entrée de la baie. « S'ils allaient s'éteindre... ou tout autre chose ? » pensait-il.

— Eh bien, que m'importe? reprenait-il avec colère.

Mais il oubliait tout de suite cette préoccupation.

— Pourvu que la vieille soit couchée, murmurait-il.

Il faisait allusion à « Madame Dulong », sa voisine. Depuis quelque temps elle avait l'esprit de plus en plus dérangé. Serge la rencontrait dans les couloirs, dans l'escalier, où elle semblait posée comme un souvenir. Vêtue d'une robe de bal en soie crème, à la mode de 1860, ses faux cheveux s'effondrant sous un chapeau chargé de plumes d'autruche brisées, elle s'aidait pour marcher d'une canne à bec d'ivoire. Quand Serge passait, elle relevait un visage effroyablement fardé, décrépit, où les rides formaient des rigoles entre des plaques de poudre. Elle esquissait un salut cérémonieux et semblait désireuse d'entamer la conversation. Toutefois elle ne trouvait pas immédiatement ses mots, méditait, et pour que son futur auditeur ne s'échappe point, appuyait le bout de sa canne contre le mur, barrant le passage. Serge attendait avec une souffrance aiguë qu'elle commençât de parler. Il n'aurait pu se dispenser de l'entendre. Sa voix donnait le frisson — une voix tremblante, avec soudain une brusque révolte, une indignation pleine de sanglots. Elle entamait d'abord un sujet mondain, souhaitant à Serge la bienvenue (jamais elle ne le reconnaissait, le prenant tour à tour pour un jeune diplomate, un riche étranger, un marchand). Puis elle commençait le récit de « son malheur ». Elle baissait le ton, indiquait avec terreur le fond du couloir et faisait signe à Serge de se rapprocher :

— Il y a là une bande de gens... sans aveu. Mon mari les eût chassés à coups de botte.

— La maison n'est pas sûre, ajoutait-elle d'une voix où perçait une sorte d'effroi désespéré. On me volera, on me tuera !

Et comme Serge essayait de dissiper ses craintes :

— On me tuera, répétait-elle, en frappant le sol avec son bâton.

Un silence singulier succédait. Serge baissait les yeux. « Ce sont ces femmes-là qu'on trouve égorgées dans leurs vieilles soies, leurs dentelles trouées, » songeait-il.

Mme Dulong relevait la tête et du ton le plus aimable :

— Acceptez-vous un verre de Banyuls, un biscuit ? Je vous tirerai les cartes...

— Je suis grand'mère, continuait-elle en branlant la tête d'un air bonasse. Je puis me permettre...

Et, soudain pleine de sollicitude :

— Avez-vous froid la nuit ? Êtes-vous assez couvert ? Je sais mettre des ventouses. Garde-malade ! Je suis garde-malade.

Un petit rire tremblant la secouait. Mais elle reprenait bientôt sa dignité, saluait cérémonieusement et continuait sa promenade sur les paliers déserts.

Un jour Serge se laissa emmener dans sa chambre, « la retraite d'une vieille femme veuve et abandonnée ». Mme Dulong étala un jeu de tarot aux figures menaçantes. Serge regardait deux portraits charmants, comme on en faisait jadis, légèrement retouchés au crayon et que le temps a tendrement fanés, ne laissant subsister que des traits délicats et presque aériens. L'un représentait une jeune femme aux épaules nues sous un bouillonnement de tulle, de choses légères et parfumées.

Mme Dulong, d'une voix grave, disait les cartes :

— Un accident... Vous changerez de position. Vos ennemis vous surveillent.

Elle réfléchit un instant.

— Votre enfant mourra, annonça-t-elle, prophétique.

Elle retourna trois cartes couvertes de poignards enlacés. Une agitation extraordinaire la soulevait. Sa voix atteignit un diapason suraigu.

— Un drame ! Un drame !

— Je vois du sang.

Elle se couvrit la figure de ses doigts chargés de bagues.

Serge se leva.

— Laissez-moi, balbutia-t-il.

Mais sans doute ne l'entendit-elle point. Une voix lointaine et triste sortait de ses mains jointes sur sa bouche.

— Un lit de mort... On l'emmène... Une tombe.

Sa tête roula avec un sec déclic de mâchoires. On eût dit que tous les ressorts qui faisaient encore de cette femme un être humain s'étaient soudain brisés.

Serge, debout, les mains sur son cœur, était peu à peu envahi par un calme singulier. Il avait enfin trouvé ce point d'appui, ce refuge mystérieux contre sa détresse. Il regardait la table, le buffet ; il regardait en lui-même avec des yeux qui pénétraient les causes, donnaient des raisons apaisantes. Il se sentait énorme, massif. Il avait des pieds de statue géante. Il comprenait que lorsqu'il tomberait, tout à l'heure, ce serait d'une hauteur folle comme dans les chutes des rêves. Il sourit ; mais se retint, figea son visage pour ne pas déranger le miracle. Un isolement insolite faisait de cette commode disloquée, de cette folle en robe de bal, une commode, une folle de féerie. Sans doute avait-elle oublié Serge. Sa voix détaillait des mystères. Serge écoutait ces secrets de vieille femme à moitié morte :

— Je lui dis : mais entrez donc, cher prince... La lumière tourne au violet. C'est l'effet du crépuscule sur les montagnes. Nous sommes tous ainsi dans la famille... et mon fils...

Elle releva la tête, par saccades, fixa vaguement les cartes, en prit une :

— Voici l'avenir, murmura-t-elle avec une expression solennelle qui changea aussitôt pour faire place à une ironique pitié, l'avenir d'une vieille femme veuve et abandonnée...

— Vous êtes là, vous ? ajouta-t-elle, sans se tourner du côté de Serge.

Puis, dans un geste fou de Victoire déchaînée :

— Sortez, voyou ! sortez !

Serge allait de moins en moins chez Maurice. Il craignait de rencontrer Loulou. Il la haïssait parce qu'il avait peur de la battre, de se livrer à quelque nouvelle bassesse.

Loulou errait sous ses fenêtres, la nuit, sans oser monter. Une fois, elle le croisa dans la rue, mais il fit mine de ne pas la voir. Elle n'en fut pas dupe, rentra chez elle, se coucha sur le dallage à la place qu'il lui avait désignée « ce soir-là » et pleura. Elle pleura longtemps, parce qu'elle était une femme. Puis elle se leva, défripa sa robe, se mit du rouge et partit « au travail ». Elle amassait des économies dans l'espoir qu'il en aurait besoin. Elle rêvait de lui offrir des cravates, une montre en or. Elle fermait les yeux dans les bras des hommes sans parvenir à se figurer que c'était lui. Les clients prenaient son désespoir pour de la volupté et s'en allaient contents. Elle rangeait les billets dans une enveloppe, au fond de sa valise de carton.

Serge se plaisait à passer devant la vitrine des photographes. Si personne ne l'observait, il s'arrêtait. Mais à tous les autres il préférait un petit photographe de quartier qu'il avait découvert au cours d'une de ses promenades sans but. L'étalage était modeste. On n'y voyait aucune actrice en vogue, aucun romancier pensif et soucieux de se tirer la peau, d'effacer ses rides. Au contraire, les portraits exposés là étaient ceux de petits ouvriers, des portraits du dimanche avec des foulards sous le veston, une chemise à petites fleurs. On trouvait aussi des mariés, des militaires, des bébés sur un coussin.

Serge rêvait longtemps devant ces images si simples, et si étranges. Il avait même dans sa poche une photo chipée à Jojo, « un groupe » solennel et savamment étagé avec des cravates empesées, des robes raides.

Mais ce qui l'attirait à cette vitrine, c'était surtout une petite photographie, de format « carte postale ». A côté, des soldats, des jeunes filles souriaient gauchement dans leur cadre. D'autres n'avaient pas voulu sourire et leurs visages renfrognés avouaient toute la gêne ressentie devant le photographe qui allait « tirer leur portrait ». On voyait leurs grosses mains de travailleurs, leurs cheveux rebelles. Au-dessus trônait un immense portrait en couleur d'un homme au visage rose et bête.

La carte postale représentait un très jeune couple. Le garçon n'avait certainement pas dix-sept ans. Son joli visage était attentif et sérieux. Sa compagne, un peu maladive, souriait légèrement. Bien que la pose fût chaste (leurs épaules ne se touchaient même pas) il se dégageait de cette photographie une radieuse sensualité.

Serge souffrait d'abord d'une sorte de jalousie anxieuse : « Vivent-ils encore ? Sont-ils toujours amis ?... » Il essayait d'imaginer leurs rencontres, le soir, au retour du travail : « Il y a du brouillard. C'est sur la route. Elle attend déjà depuis un moment. Enfin la lanterne d'une bicyclette troue la nuit. Il descend, marche à côté d'elle, tenant le vélo d'une main. Voilà le mur où ils s'arrêtent chaque soir. Il éteint la lanterne, se retourne vers elle. Leurs visages sont froids, ils ont envie de rire. Mais ce premier baiser n'en finit pas. Ils restent penchés l'un vers l'autre malgré le froid, les automobiles qui passent. Ils ont oublié le travail, leur fatigue. »

— Mais quoi, suis-je fou ? reprenait Serge à haute voix.

Son accent était joyeux. D'avoir imaginé

l'heureux amour de ces jeunes gens le consolait de tout.

Dans son besoin de « parler coûte que coûte à un être humain », Serge eut l'idée bizarre d'aller dans une maison mal famée. « Seules ces femmes-là peuvent comprendre, pensait-il. Si je n'avais pas humilié Loulou, c'est près d'elle que j'irais... »

Les malades gardent toujours l'espoir qu'une nouvelle méthode les guérira.

Le malheur est que dès le début tout alla mal, « le ton fut faussé et comment se reprendre après cela ? » Serge avait décidé de rester humble et doux (il attendait beaucoup de cette visite et s'y préparait depuis longtemps avec fièvre. C'est sans doute ce qui amena la catastrophe). A peine était-il dans le couloir qu'une grosse portière l'apostropha. Il perdit aussitôt toute mesure et se mit à l'injurier. « Tout est gâché, » se dit-il dès cet instant. Il n'en persista pas moins à vouloir pénétrer dans la salle où les femmes apeurées considéraient ce client tapageur. Il s'assit. « Puisque c'est ainsi, pensait-il, puisqu'on m'accueille de cette manière, je leur montrerai... » Il comprit qu'il allait faire un scandale. Cette pensée le torturait. Il ne pouvait s'en débarrasser. C'est la force des faibles d'oser des actes extraordinaires, d'accomplir jusqu'au bout leurs projets, dussent-ils les crucifier eux-mêmes les premiers.

Serge commença par agiter un billet de cent francs.

— Donnez-moi du champagne, du poulet froid, cria-t-il.

A la fin une vieille femme s'approcha de Serge.

— Ce n'est pas un restaurant ici, jeune homme, dit-elle en hochant la tête.

Cependant on apporta une bouteille de champagne et du poulet. Serge n'avait pas faim. Il se servit un verre de vin. Du bout de sa fourchette il retournait le morceau de volaille.

— On dirait qu'il y a un dessin, murmura-t-il.

En effet, l'assiette était agrémentée d'un ovale de verdure qui encadrait un paysage. Sur une petite route, un chasseur et son chien, dessous, une légende à demi effacée : « Les plaisirs de la chasse. »

Serge regardait ces choses avec accablement. Une torpeur l'envahissait. Les femmes parlaient à voix basse. Parfois l'une d'elles poussait un gloussement. Un navigateur, ivre sans doute, s'était endormi la tête sur une table.

— Eh bien, tu ne manges pas, beau brun ? dit une voix fraîche.

Serge se mit à manger.

— Il dort à moitié... Mets une valse, Henriette.

La pièce s'emplit d'un tonnerre de notes grêles et saccadées. Deux filles dansaient ensemble, tournant à une vitesse folle. L'une portait une courte chemise en soie rose avec des fleurs dans les cheveux et des chaussettes blanches grotesques. La musique s'arrêta net au milieu d'une phrase, dans une sorte de sifflement. Le navigateur se réveilla :

— *It was...*, bredouilla-t-il d'une voix pâteuse.

— Ta gueule ! glapit une fille.

Serge sentait renaître son énervement. Il jeta au groupe de femmes un regard mauvais. Celle qui le servait vint enlever le plat. Elle était maigre, plus très jeune, mais ses yeux gardaient une douceur émouvante.

— Vous avez fini ? demanda-t-elle avec hésitation.

— Oui, souffla Serge.

Il regardait le costume marin dont elle était affublée.

— Avez-vous soif ? reprit-il. Voulez-vous un peu de champagne ?

Elle s'empressa d'aller chercher un verre. Serge le remplit jusqu'au bord et vida le reste de la bouteille dans son propre verre.

— Buvons, dit-il.

Mais la fille ne semblait pas pressée. Elle

adressait à Serge un sourire timide, tout en cherchant à prendre une attitude provocante (on voyait qu'elle devait être le souffre-douleur de la patronne et qu'elle ne se sentait pas sûre d'elle).

— Je m'appelle Maria, assura-t-elle.

— Bois, répéta Serge.

Il se sentait pris de folie, prêt à faire une bassesse, mais quoi ? Cependant Maria fixait sur lui un regard qu'elle s'efforçait de rendre passionné. En même temps, dans un geste ridicule, elle avait mis le poing sur la hanche et redressait fièrement la tête.

— Vas-tu boire enfin ? s'écria Serge presque défaillant.

Il leva lui-même le verre jusqu'à la bouche de Maria. Elle continuait à sourire. Sans doute croyait-elle à un jeu et que cette mimique excitait Serge. Ses dents heurtèrent le verre. D'un coup bref, Serge le renversa. Il vit le sourire se crisper, le pauvre costume de marin trempé de champagne, et surtout un regard de chienne frappée.

— Allons, mademoiselle, vous voyez bien que vous ennuyez Monsieur, dit la vieille femme d'un ton sec.

Maria sortit lentement.

— Vous avez taché son joli costume. Vous donnerez bien un petit billet, reprit la vieille en s'adressant à Serge.

— Elle n'en a pas besoin, lança une voix haineuse.

— Toi..., rugit la vieille.

Elle se retourna d'un bond et fonça comme une bête. D'un coup du revers de la main, qui faucha l'air, elle frappa la fille sur les seins. Serge ferma les yeux. Henriette, appuyée au piano mécanique, se mordait la lèvre, le visage décomposé.

« Assez. Je deviens fou. Je suis lâche. O quelle lâcheté ! C'est sur elles que je me suis vengé, sur elles. »

Serge sortit dans le couloir. La portière lui demanda deux francs. Il s'appuyait contre le mur. Enfin la voiture qu'il avait commandée arriva. Le cocher saluait.

— Où faut-il vous conduire, patron ?

— Comme vous voudrez, balbutia Serge.

Il se laissa tomber sur les coussins. Le fiacre s'ébranla. Il devait faire très doux dehors. Les vitres baissées laissaient entrer du soir tiède et calme. Parfois le cheval butait. Ils traversèrent des rues aux vitrines illuminées, puis des quartiers vides. Serge ne voyait rien. Il avait posé la tête dans le coin de la voiture et se laissait ballotter. Il fallut que le cocher vînt ouvrir la portière pour que Serge s'aperçût qu'ils étaient arrêtés.

— Où sommes-nous ? interrogea-t-il en jetant un regard autour de lui.

— Là, un bar, indiqua le cocher. Je n'ai pas voulu m'arrêter en face.

— Mais pourquoi ? demanda Serge.

Le cocher prit un air mystérieux :

— C'est toujours plein d'Annamites. Sans doute qu'ils doivent fumer l'opium...

— Ah ! dit Serge. Et pourquoi m'as-tu mené là, espèce d'imbécile.

Le cocher le regarda, confus :

— Vous n'êtes pas dans votre état normal, monsieur.

— C'est vrai, admit Serge.

Il paya et se dirigea du côté du bar. Le cocher le suivait des yeux en marmottant : « Espèce d'imbécile, espèce d'imbécile... Sale... sale crevé, va ! » Il remonta sur son siège et partit, tout guilleret, en faisant claquer son fouet.

Serge restait, les bras ballants, sur le trottoir. Il se sentait las et si triste... « Mon Dieu, quelle journée ! Cette fille, là-bas... Je suis épuisé. Où aller ? A quoi bon monter chez les Chinois ? Mais où aller, où aller ? »

Il se retourna contre le mur, y appuya la tête cachée dans son bras, dans une pose d'enfant puni.

Après ces événements, Serge resta persuadé qu'il lui était interdit de parler à aucun être humain.

Sa solitude est terrible parce qu'elle est

en lui. La détresse l'isole du monde comme l'éther nous défend les étoiles.

Il songea encore à « payer Mme Dulong » pour qu'elle lui permît « d'assister à sa vie, à ses rêves de folle ». Serge n'oubliait pas l'instant de parfait bonheur qu'il avait passé chez la vieille femme. Il souhaitait de fabriquer du bonheur en série, à l'aide de la folle.

Ce projet resta d'ailleurs à l'état d'ébauche. Mme Dulong avait beaucoup baissé. A force de vivre, les volets clos, enfermée dans sa chambre obscure, elle finit par ne plus distinguer le jour de la nuit. (Serge avait déjà remarqué qu'elle ignorait tout des saisons, se croyant en hiver au mois de juin et parlant de l'Exposition de 1900 comme d'un événement contemporain.) Il lui arrivait aussi de dire : « Je suis à Cannes (ou à Paris). » Ces absences de mémoire, jointes à un défaut total d'orientation, créaient les plus curieuses méprises. Par exemple elle se levait la nuit, supposant qu'il était midi. Armée de sa canne, elle partait à l'aventure. L'obscurité ne laissait pas de l'ébranler quelque peu. Bientôt égarée dans les ténèbres, elle suivait des corridors, descendait des escaliers, heurtait aux portes. Serge, de son lit, entendait sa voix lointaine :

— Où suis-je ? Qu'on me ramène ! Je suis Mme Dulong...

Personne ne se souciait de guider cette vieille folle. Serge lui-même, qui avait fini par la craindre, se contentait de rester aux écoutes. De longs silences succédaient à ses lamentations. Serge l'imaginait, ahurie contre un mur. Sans doute devait-elle se croire perdue comme une frégate sans boussole au milieu de l'océan.

Ce soir-là, au retour de sa promenade sur la digue, Serge ne rencontra personne dans le dédale des escaliers noirs. Déjà il ouvrait sa porte. Quelle surprise l'attendait !

Debout au milieu de la pièce, Jojo fumait une cigarette. Il avait enlevé sa vareuse et ne portait que son tricot de matelot et sa culotte. Aussitôt qu'il vit Serge, il sourit gauchement. Puis, pour se donner une contenance ou retarder des explications ennuyeuses, il posa un doigt sur ses lèvres.

Ils restèrent un long moment face à face et silencieux.

— J'ai déserté, avoua Jojo.

Il avait les traits durs, le sourire crispé de ceux que la police a pris. Il se composait une attitude copiée sur les chansons de guinguette. Toute une enfance de faubourg modelait son joli visage. Après des heures de voyage sur les dures banquettes des troisièmes et cette farouche et puérile résolution, il était devenu le mutin qui arrache son bonnet.

Serge l'admirait en silence. Un peu déçu, Jojo baissait les yeux.

— Si je te gêne, murmura-t-il.

— Couche-toi, répondit Serge. On parlera mieux dans le lit.

Mais Jojo voulait encore poser une question :

— Alors, c'est vrai que tu es avec Loulou maintenant ?

Serge haussa les épaules.

— Je le savais bien que tu t'en foutais, reprit Jojo radieux.

Les jours passèrent. Serge avait prêté peu d'attention à l'arrivée de Jojo. Il ne lui semblait pas que sa vie en fût changée. Quand il parvenait, après des heures de promenades sans but, à s'arracher à ses extraordinaires distractions, il rentrait chez lui en hâte. Jojo était endormi dans un fauteuil ou lisait un livre auquel il ne comprenait rien. Il portait un pyjama à Serge et semblait gêné. Son regard se détournait. Il n'y avait de détente véritable que la nuit, une fois la lumière éteinte. Jojo cherchait alors la main de Serge.

— Ça me dégoûte de vivre comme ça à tes crochets.

— Mais puisque je te dis que j'ai de l'argent, répétait Serge.

Jojo soupirait. Il avait chaud et soupirait encore parce qu'il était jeune et plein de désirs.

Jojo avait de l'univers une conception simple et aisée. Son aspiration secrète était de devenir « un affranchi ». Mais il n'avait guère eu le temps de mettre ses idées en pratique et se contentait de la théorie. Ses parents l'avaient placé à l'école des mousses dès ses quatorze ans pour se débarrasser de ce gamin aux allures déjà inquiétantes. Jojo y avait appris ces lois militaires incroyables et qui deviennent sauvages quand elles s'appliquent à un enfant. Il jouissait, auprès de ses compagnons, d'une sorte de prestige fait de mots appris, de faux exploits bien plus vrais que la réalité parce qu'ils la résumaient tout entière.

Il plaisait aux femmes et savait en tirer à peu près tout ce qu'elles peuvent donner.

Son cœur était pur. Il ne comprenait pas qu'on pleure, à moins que ce soit de rage ou de cafard, les dimanches de consigne. Il aimait les rixes qui traînent sur des verres brisés deux hommes qui s'étreignent. Les chansons étaient sa poésie — lourdes chansons éclaboussées de crime du peuple des faubourgs. Il était aussi accessible à la pitié. Mais ce sentiment qu'il ne comprenait pas le gênait comme une maladie.

Il avait dix-huit ans quand il rencontra Serge.

C'était à Marseille. Avec deux camarades, Jojo attendait son tour, le torse nu, dans la boutique d'un tatoueur. Serge, entré là par hasard, s'intéressait à l'opération. Le dernier, Jojo présenta sa poitrine au bourreau. Déjà la lancette s'apprêtait.

— Pas toi, imbécile ! cria Serge.

D'abord les choses tournèrent mal. Mais Serge restait si calme qu'on le laissa tranquille. Et puis le « tatoueur » n'aimait pas les histoires et mit tout le monde dehors. Dans la rue Serge rattrapa les matelots.

— Viens, dit-il à Jojo, je vais t'expliquer.

Il inventait une histoire :

— Tu comprends, on t'aurait repéré. Pour plus tard, sait-on ? Fais-toi un faux tatouage au poignet, avec de l'encre bleue. On croira te tenir, mais basta ! tu te laves et on te cherche toujours...

La naïveté d'un tel roman devait plaire à Jojo.

Serge menait à cette époque une vie très agitée, s'occupant avec fièvre de « ses affaires ». Il lui fallait voir certains navigateurs, certains vieux Chinois. Parfois on offrait du thé. Jojo copiait Serge. Serge, avec une tendresse un peu ironique, lui arrangeait son nœud de cravate. Puis ce fut le départ, le taxi, un nouveau matelot qui prenait le train de Toulon, avec la poitrine gonflée de regrets, de soupirs inconnus.

C'était un autre matelot.

Jojo avait trouvé son Dieu. Il y pensait la nuit, dans son hamac grinçant qui se balançait. Il gémissait tout bas à cause de cette souffrance sans rime et regardait avec envie ses camarades qui dormaient, un bras, une jambe nus dans le vide. Avec quelle surprise il remarquait tant de choses nouvelles : la tristesse de certains regards, la timidité des novices dont on devine les larmes prêtes à couler. Il essayait de « se faire une raison ».

Hélas, il se sentait pauvre et soudain illuminé d'un éclair de tendresse. Il se cachait pour dessiner sur son bras, à l'aide du stylographe donné par Serge, le « faux tatouage ». Le soir, à l'heure du repos, il allait à la salle de lecture, et recommençait interminablement ces laborieuses lettres du peuple, si touchantes, que la plume se refuse à écrire, qu'elle sème de ratures, de pâtés.

Enfin, il reçut un court billet de Serge, donnant une adresse à Nice.

Le samedi suivant, Jojo demandait une permission. Serge lui offrait de l'argent dont il ne voulait pas.

— Moi aussi, je sais me débrouiller, assurait-il avec un sourire entendu.

Mais voilà que pour la première fois de sa vie, Jojo s'apercevait qu'il ne savait pas « se débrouiller », et que même il perdait son charme puisque Serge restait indifférent.

Un dimanche il trouva Serge parti. Il avait envie d'appeler dans les rues pleines de monde. Toute une semaine passa, avec des sonneries de trompette, des manœuvres, le canon. Enfin Jean, à son retour de Nice, lui raconta la nuit avec Serge.

Dès les premiers mots, Jojo s'était figé.

— Tu l'as vu ? balbutia-t-il.

— Même qu'il m'a dit de te donner son adresse et d'y aller. Un drôle de type. Il est avec une gonzesse que c'est Loulou son nom.

— Loulou ? répéta Jojo.

— Non mais, t'es pas fada ?

Jojo parvint à sourire. Une douleur aiguë le tenaillait. « Ah ! malheur ! que je sache pas m'expliquer, » pensait-il.

Le lendemain on supprima toutes les permissions, à cause des manœuvres d'escadre.

Alors il déserta, comme tant d'autres.

Couché sur le lit, Jojo réfléchissait à ces choses. Il n'y pensait point à la suite, avec des phrases, mais repassait certaines scènes : Jean lui annonçant sa visite à Serge ; un café de Marseille où Serge l'avait emmené. Il voyait aussi des images étrangères : le geste bref d'un matelot-clairon qui sonne le branle-bas, à l'aube, sur le pont désert.

Maintenant il habitait chez Serge. Pourquoi n'était-il pas heureux ? Au contraire, son tourment augmentait. Une nuit, il avait même avoué :

— Je pense, je pense, alors tu comprends, je ne suis pas content...

Serge l'avait arrêté.

— Je sais. Tais-toi. On est tous comme ça.

Et il y avait sur le palier Mme Dulong perdue qui gémissait : « Qu'on me ramène ! Je suis Mme Dulong. »

Jojo, fou de rage, s'était élancé pour secouer « la vieille peau », en lui criant des injures qui la laissèrent morte de peur et silencieuse jusqu'au matin.

Un jour qu'il regardait dans la rue, par la fente du volet, Jojo eut la surprise de voir Loulou plantée sur le trottoir, en face. Elle fit quelques pas hésitants, puis s'arrêta de nouveau et leva les yeux vers la fenêtre. Jojo recula. Il était fort intrigué. Après quelques secondes il risqua un nouveau coup d'œil. Loulou était toujours là. Alors il n'y tint plus, ouvrit le volet et l'appela.

Loulou entra. Elle pressait ses mains sur son cœur avec une expression de souffrance. Sa respiration était difficile, haletante. Jojo avait eu le temps de se composer une attitude.

Il n'en fut pas moins ébranlé par la mauvaise mine de Loulou.

— Et Serge ? murmura-t-elle en tombant sur une chaise.

Jojo fit un geste. Elle lui adressa un regard d'excuse, parce qu'elle ne pouvait parler.

— Alors, ça ne va pas ? demanda Jojo poliment.

— C'est rien, dit-elle à voix basse.

Il y eut un court silence un peu gêné. Mais Loulou se reprit. Elle toussa à plusieurs reprises dans son mouchoir et commença :

— Tu es donc...

— Déserteur ! coupa Jojo.

Il était sûr de lui, de son effet. Loulou ne manqua pas de lui jeter un regard presque maternel. C'était la loi de sa race que les soldats désertent. Elle n'ignorait pas qu'il y a le « cafard et ces vaches d'officiers et la disciplinaire ».

— Alors, tu vis là, s'enquit-elle presque timidement.

— Oui, je suis là, reconnut Jojo, et même

pas trop content (une idée subite lui vint). Tu comprends on n'a plus d'argent et c'est dur.

Il épiait sur le visage de Loulou l'effet de ses paroles. Mais la pauvre fille ne laissa rien paraître. Avant de partir, elle ouvrit son sac, en sortit des billets de dix francs tout chiffonnés et les tendit à Jojo.

— Je lui parlerai pas que c'est de toi, dit-il. Vaut mieux...

Loulou s'arrêta une minute. « Qu'est-ce qu'il veut dire ? » pensait-elle avec effroi. Il lui semblait qu'elle ne pourrait jamais descendre toutes ces marches, traverser les rues. « Ah ! Crever ! » gémit-elle.

Deux jours après, elle revint. Jojo l'attendait. Il avait compris qu'elle était forcée de revenir. « Je la tiens, » pensait-il avec une jubilation cruelle. Il avait son plan. Quand elle se fut assise et lui eut donné l'argent qu'elle avait préparé, il se rapprocha soudain et la saisit dans ses bras. Loulou lui donna un de ces coups que les filles connaissent et qui le laissa pâle de douleur, courbé en deux, les mains au ventre. Il souffrait trop pour riposter. Elle partit, rassemblant son manteau de soie, son sac, son écharpe flamboyante comme un drapeau.

Dans l'escalier elle rencontra Serge qui rentrait.

Aussitôt elle perdit contenance. Il la regardait avec curiosité.

— Monte, dit-il.

Jojo pâlit en les voyant rentrer ensemble. Serge promenait de l'un à l'autre son regard distrait.

— Alors ? demanda-t-il enfin.

Loulou se révolta :

— Il y a monsieur, dit-elle en montrant Jojo, qui se figure qu'il m'aura !

Serge ne répondit d'abord rien. Cette nouvelle histoire l'excédait. Il se retourna vers Loulou.

— Fous le camp, dit-il.

Son manteau, jeté sur ses épaules, la drapait comme une statue du mépris, du défi.

— Et le pèze ? lança-t-elle. Le pèze que je lui donne pour toi...

— Allez, file ! reprit Serge.

Jojo admirait, bouche bée, l'attitude de Serge. Quel ne fut pas son effroi quand il le vit fondre sur lui.

— Et toi, criait-il, si je te reprends à ce jeu-là, je te fiche dehors, tu entends? Il le secouait par les épaules.

Jojo hoquetait comme un enfant qui sanglote. Serge sortit rapidement, laissant dans la chambre ce drame pesant, cet enfant blême.

Dès que Jojo fut seul, il se mit à faire son paquet. « Où que j'irai, j'en sais rien, avouait-il. Mais rester là ? que dalle ! » Pourtant il réfléchit qu'il devait remercier Serge de ses « bonnes manières ».

La nuit était tombée. Serge ne rentrait

pas. Jojo, pensif, attendait sur le lit. Il s'endormit.

Quand il se réveilla, Serge le serrait dans ses bras.

— Mon petit, pardonne-moi, murmurait-il, jure-moi de rester...

Jojo ne répondit pas. Il éprouvait une sensation étrange de bonheur et de tristesse. Est-ce qu'il savait qu'on peut dire à un ami : « pardonne-moi ? » Et cette tendresse qui rendait heureux et triste ? De toutes ses forces il essayait de rendre à Serge son sourire.

Jojo éprouvait la plus grande peine à penser à Serge. Cependant il était entouré par son souvenir, comme les illuminés que leurs visions escortent.

Serge remplit sa vie. Jojo ne pense pas à lui, il le voit. Cette présence ne le trouble point. Peut-être n'a-t-il pas encore compris que Serge est inaccessible. Les enfants ne comprennent pas la mort. Ils attendent le retour de ceux qu'ils ont vus couchés dans une pâleur magique parmi les fleurs immobiles.

D'autres craintes tourmentaient Jojo : Pourquoi Serge logeait-il dans cet hôtel sordide s'il avait de l'argent ?

Jojo ne comprenait pas. Il regardait ses mains. Que de mystères, de choses intraduisibles ! « Il rentre avec son air distrait, il repart *pour des promenades,* il me dit : « Comme tu es triste ! c'est bête d'être si triste... »

Peu à peu le malaise de Jojo s'apaisa. Cependant il était encore tourmenté par d'incompréhensibles nostalgies. Son inaction l'étourdissait, détachait chacun de ses gestes dans une qualité inconnue de silence.

Mais sa jeunesse triomphe. Il a faim ; il dort, nu sur son lit, la fenêtre ouverte. Quel beau ciel d'août !

Jojo dort. Sa main pose sur son ventre. Il s'éveille, s'étire. La nuit est lourde. Quel désir trouble Jojo ?

— Je voudrais... je voudrais une femme, murmure-t-il.

Il se rendort. Sa jambe glisse du lit. Jojo semble fait pour l'amour. Les heures sonnent au-dessus de ce sommeil merveilleux. Bientôt la ville sortira de la nuit. Jojo n'a plus de désirs. Il dort pour dormir.

Ce matin-là, Jojo s'éveilla heureux. Comme tout lui semblait simple et joyeux! même la maussaderie de Serge, qu'il se plut à taquiner.

Il passa l'après-midi à regarder les livres. Il visita l'armoire, déplia les chemises, compta les cravates. Parfois, il s'interrompait et chantait à mi-voix une chanson qui l'enivrait doucement.

Vers le soir, il devint songeur. Serge avait disparu depuis midi. Il ne rentrerait que tard dans la nuit.

« Ce n'est pas possible, pensait Jojo. Il faut trouver quelque chose... Et puisque Serge ne veut pas que Loulou paye... »

— Pourquoi pas ? s'écria-t-il en réponse à une idée qui lui était venue.

Dans quels bars du port se rendit-il ? Qu'on sache simplement qu'il conféra avec un louche personnage et se décida, après une longue discussion « à accepter l'affaire ». Il empocha même à cet effet un petit plan griffonné au crayon sur une feuille de carnet.

Jojo est si puéril ! C'est peut-être le plan qui lui fait accepter l'aventure. Il y a là du mystère. Jojo ignore que la réalité est bien forcée de copier les romans qu'elle inspire.

Il revint dans un état de grande surexcitation. Serge n'était pas rentré. Jojo eut le temps de se fourrer au lit et de feindre le sommeil, la main sur les yeux.

Le lendemain fut une journée de fièvre. Jojo examinait son « plan », fixait dans son esprit tous les détails de l'entreprise. Un sentiment de fierté le soulevait. C'était enfin le jour tant attendu. Il allait prouver sa force. Que dirait Serge ? Il serait bien forcé de reconnaître son mérite.

De temps en temps, Jojo prenait sur la table un fin poignard chinois qui servait de coupe-papier, l'assurait dans sa main et d'un grand coup sauvage, tuait le vide.

C'était un samedi. Vers le soir l'orage éclata sur la ville, un de ces effroyables orages du Midi qui ravagent tout, inondent tout et font des campagnes un bourbier perdu, un marais désolé d'où émergent des poteaux télégraphiques en détresse.

Jojo profita du tumulte pour se glisser dehors. Il arriva « là-bas » sans encombre, mais trempé. Dans sa poche ses doigts se crispaient sur le manche du poignard. L'entrée de l'immeuble était sombre. Comme on l'avait prévu, le concierge était au cinéma. « La deuxième porte à gauche, » pensait Jojo. Il tourna le bouton. Il se sentait tendu comme un arc. Les yeux hors de la tête, tous les muscles bandés, il ne respirait plus. Enfin, il fit trois pas, trois pas énormes sur des pointes de danseuse. Dans la pièce qu'une lampe éclairait faiblement, un vieillard, penché vers l'âtre, remuait des cendres. Jojo sortit son poignard, et, copiant son geste de l'après-midi, le plongea dans ce dos courbé. Le vieux s'écroula. Jojo fit un bond en arrière,

Il retomba mollement comme les champions après leur saut. Immobile, son poignard toujours levé, il était assailli par des masses d'ombre, de menace. Le cadavre était accroupi comme une bête. Toute la chambre grondait, faisait des gestes fous. Soudain une pendule sonna. Terrifié, Jojo courait en rond, à petits pas. Il ouvrit enfin la commode indiquée par « le plan », trouva le portefeuille, s'enfuit.

Jojo sortit furtivement de la maison, fit quelques pas dans l'avenue et s'enfuit à toutes jambes.

Son cœur l'étouffait.

Il s'arrêta, la main sur sa poitrine pleine d'orage. Le calme de ce lointain quartier était affreusement lourd. La pluie continuait à tomber. On pouvait suivre ses hachures tièdes sous la lumière des becs de gaz.

Jojo avait l'air maussade. Il regardait les pavés, l'avenue bordée d'arbres enfermés dans leur grille, et la nuit. Ce paysage de banlieue dégageait une tristesse intolérable et quoique Jojo le connût bien, il frissonna d'angoisse. Il n'était pas habitué à de telles sensations.

« J'en ai marre, marre... et je suis vanné. »

Il pensait en argot, avec des mots durs et tragiques qui lui révélaient pour la première fois leur détresse.

Plusieurs fois il répéta ces mots qui finirent par le distraire. Pendant un long moment, il resta immobile et absent. Il s'en aperçut avec colère. Il éprouvait un immense dégoût. Ses jambes flageolaient. Soudain, il éclata de rire, et, retrouvant toutes ses forces, partit d'un pas vif.

Serge devait être couché. Jojo décida de passer au café avant de rentrer.

Il sortit de sa poche une liasse de billets qu'il contempla un instant. Il avait retrouvé son sang-froid. Une sorte de jubilation lui donnait envie de chanter. Il l'avait tout de même bien eu, le vieux !

Jojo s'interrompit. Quelle vague lui chavirait le cœur ?

— Eh bien, quoi ?... balbutia-t-il.

A la fin cela passa, mais il restait sombre. Les rues lui semblaient interminables. Il fermait les yeux en marchant. Ses pas traînaient dans les flaques.

Jojo pensait vaguement. « On ne pouvait plus vivre à présent. Tous sont ainsi, sans goût. Il y en a qui disent que c'est la guerre. Mais la guerre on ne l'a pas faite, nous autres. Alors ? Moi ça me prend le soir. Je suis content, je rigole et tout d'un coup me voilà triste, pire qu'une femme. Même que je me mettrais à pleurer, si je pouvais. Serge me regarde. J'ai cru que c'était à cause de l'argent. C'est pour ça que cette idée m'a venu de faire le coup. Maintenant, je peux rien dire. Ça serait-y ça qui me tourmente ? Mais non, je m'en fous. Le vieux, ça m'est égal. C'est tout le reste, c'est tout... et puis le cafard. »

Il eut un geste las. Une automobile passa dans l'avenue.

Jojo arrivait au café, un de ces bars ouverts toute la nuit où les filles viennent manger un sandwich. Jojo arrangea sa casquette, son foulard de soie rose. Il aimait que les femmes lui fissent des yeux tendres. Sa jeunesse les enchantait. Elles rêvaient à lui avec une honte secrète. Cette nuit-là, le bar était presque vide. Dans un coin, un aveugle jouait de l'accordéon. Jojo avait espéré crâner au milieu des filles. Il fut déçu, mais les airs de l'accordéon le projetaient dans un ciel familier. Il retrouvait des impressions toutes faites, une psychologie de barrière qui lui allaient à merveille. Il devenait un assassin semblable à ceux dont les chansons ont fixé le type. Le patron causait à voix basse avec un jeune homme. On entendait des morceaux de phrases : Si tu l'embarques comme ça... les flics... plein de cam...

Le jeune homme éleva la voix.

— Si elle gueule, je la...

D'un geste il acheva sa pensée. Aussitôt après il y eut un long silence. L'accordéon ne jouait plus. Le garçon essuyait des verres derrière le comptoir. On n'entendait même pas le grincement du torchon. Jojo avait la tête dans ses mains. Il était tout prêt à rouler dans le sommeil. L'aveugle se balançait comme un ours avec un rire stupide. Tout d'un coup, il se mit à pleurnicher.

— Assez ! hurla le patron.

Jojo sortit de sa somnolence. Son cafard l'avait repris.

« Il faudrait rentrer, songeait-il. Ça ne peut pas durer, j'ai trop de fatigue. » Le bar était retombé dans sa léthargie. L'aveugle faisait des signes à quelqu'un d'invisible.

— Deux heures, annonça le garçon.

— Deux heures, reprit le jeune homme, et Maria n'arrive pas. Donne-moi un marc, on crève ici.

« Ça ne peut pas durer, continuait Jojo. C'est des histoires pour vous rendre dingo. »

« Pourquoi ai-je tué le vieux ? reprit-il avec une terreur subite. Me voilà plein aux as... et je m'en fous. »

Il était désespéré de n'éprouver aucune

joie à l'idée de l'argent qui gonflait sa poche. Il ne comprenait plus.

La porte s'ouvrit. Une vieille femme entra. Elle avait de la pluie dans les cheveux. Elle posa sur une chaise son panier plein de fleurs à moitié fanées et s'assit à la table de Jojo.

Il la regardait lamper son café à petites gorgées. De temps en temps, elle avait un sourire qui prenait une horrible expression dans sa face ravagée d'alcool.

Jojo éprouvait un malaise bizarre. Il se leva et sortit. Dehors, il releva le col de son veston.

La pluie avait cessé de tomber. Jojo marchait vite. Depuis qu'il était seul, il se sentait soulagé.

C'était l'heure la plus désolée de la nuit. Un silence irréel enveloppait les rues. Au loin la ville illuminait le ciel. Cette fausse aurore apportait autant de tristesse que la vraie. Parfois le bruit d'une trompe d'automobile tombait dans cette paix avec un accent de détresse lointaine. Jojo essayait de ne rien entendre, de ne rien voir et d'aller son chemin le plus vite possible. Il sentait que quelque chose d'atroce le guettait à la moindre défaillance. Il ne fallait pas se laisser surprendre par ce piège mortel tendu sous son pas. Il fixait toute sa pensée sur « la piaule où Serge devait dormir depuis longtemps ». D'autres idées venaient le tenter mais il refusait de les accepter. Cette lutte l'épuisait. Il aurait voulu s'arrêter, s'appuyer contre un mur, comme il avait fait « après ». Mais il comprenait obscurément que s'il faisait cela, « il était foutu ». — « Oui, foutu, et puis foutu, je le suis déjà. On finira par m'avoir. Alors... »

L'idée de la guillotine lui causa une sorte de joie. Il se retrouvait en terrain connu. Mais il dut s'avouer que ce n'était pas la police qu'il craignait. Il n'avait peur de rien. Jojo le remarqua avec stupeur. Son pas se ralentit.

— Ah! quel malheur! murmura-t-il tristement. Me voilà doux... Pourtant ce que j'ai fait, d'autres auraient reculé. C'est pas de là que ça vient. C'est le cafard et tout...

Il souffrait tant qu'il espérait rencontrer une fille, Andrée ou Lucienne, n'importe, pour ne pas être seul. — « J'y dirais rien, mais on serait deux. » Il imaginait tous les détails de cette rencontre : « T'as le noir, petit môme ? qu'elle dirait. Moi, je répondrais pas. On se pagerait ensemble. Y ferait froid tout autour et on penserait plus de rien. »

Cette histoire l'enchantait. Il se la raconta plusieurs fois avec les mêmes mots. Cependant elle se décolorait. Jojo fut seul encore une fois. Il arrivait chez Serge. Une grande émotion lui serrait la gorge. « Pourvu qu'il dorme, qu'il dorme..., » répétait-il. Il poussa la porte.

Serge se dressa tout habillé sur son lit. Il y avait une telle détresse dans son regard que Jojo l'embrassa.

Toute sa tristesse avait passé d'un seul

coup. Le souvenir de son crime lui revint. « Ce que je m'en fous ! » se dit-il avec un léger sourire. Il aidait Serge à se déshabiller.

Serge se laissait faire ; il regardait la table avec inquiétude.

— Où l'ai-je mise ? dit-il.

Sa voix chargée d'angoisse était atroce à entendre. Jojo en fut bouleversé.

— Qu'est-ce que tu cherches ?

Serge le regarda avec méfiance :

— La coco... Rends-la moi !

— Je t'ai rien pris, commença Jojo.

Un sentiment bizarre lui serrait la gorge.

— Allons, couche-toi. Tu vois bien que j'ai rien.

Jojo le conduisit jusqu'à son lit et le borda.

— Couche-toi aussi, dit Serge. Tu ne pourrais pas aller m'en chercher, toi ? reprit-il d'un ton bas.

— Ça ne se peut pas, répondit Jojo.

Serge avait les yeux fermés. Parfois un

tremblement nerveux le secouait. « Peut-être, qu'il dort, » pensa Jojo. Il se déchaussa et s'étendit sur le lit. « Je peux pas le laisser, songeait-il. Y me fait de la peine avec sa petite gueule vannée. » Serge s'agita :

— Donne-moi la main. J'ai peur.

— T'en fais pas. Je suis là, dit Jojo. Je te laisserai pas.

Il parlait à voix basse :

— On est seul. Et puis je suis avec toi. Alors, pense plus à ça.

Il se tut. Le silence devint magique. Jojo avait maté la détresse de l'aube.

Quand il s'éveilla, une lueur commençait à envahir la pièce. L'hôtel était silencieux. Serge dormait. Son immobilité l'enfermait dans un cercle lointain. Jojo le contempla. « Comme il dort ! » Cette remarque lui révélait la moitié de son malaise. Il avait commencé à se déshabiller, mais il se ravisa. Il comprit qu'il craignait par-dessus tout de réveiller Serge. Il roula un vieux veston pour y poser la tête et se coucha par terre.

— Alors ? commença-t-il.

Mais il ne pouvait penser à rien. Il regardait le plafond où des taches de moisissure dessinaient des figures bizarres. S'il fermait les yeux, les mêmes figures restaient sous ses paupières et se déformaient pour composer d'autres visages. Certains qu'il connaissait s'animaient prodigieusement. Il ne savait pas que Loulou eût ce rire crispé, ces yeux tour à tour éteints et brillants.

Jojo eut un sourire inquiet. Il se leva et s'approcha de la fenêtre. De gros nuages remplissaient le ciel. Presque toutes les croisées avaient leurs volets clos. L'une d'elles était éclairée. Jojo la regardait avec intérêt. Jamais il n'avait vu les choses de cette façon. « Les gens vont se lever, pensait-il, Maria fera les chambres... » Son émotion se changea en angoisse.

Il sortit le poignard de la poche de son veston et l'examina longtemps. Le sang avait giclé jusque sur le manche ; la lame était même un peu tordue. Jojo faisait d'étranges réflexions : Vraiment, cela lui était égal. Il n'avait pas de remords. Seulement il ne comprenait pas. Il aurait dû être content d'avoir réussi son coup. Et l'argent...

Il prit une poignée de billets qu'il regarda avec stupeur.

— Ça ne me fait rien, conclut-il. J'en pleurerais !

Il avait la gorge serrée. Il jeta un coup d'œil du côté de Serge. Comme il dormait ! Comme il dormait ! « Ah ! quel cafard, bon Dieu ! Le pire c'est que je ne sais pas pourquoi. » Il s'étendit à nouveau par terre. Il regardait les ressorts du lit. Sa détresse devint telle qu'il essaya encore une fois de se l'expliquer : « D'abord je suis trop môme pour une affaire comme ça. J'étais toujours avec les copains, je pensais comme eux, je croyais que j'étais pareil. Et puis j'avais pas d'idées à moi. Maintenant, je suis seul. Je nage. Non, c'est pas ça. Quel malheur que je soye pas instruit. Je verrais clair dans mon cas. Le fond de l'histoire, c'est que j'ai plus de goût. »

Il répéta : « plus de goût. »

On commençait à remuer dans une chambre voisine. Jojo se dressa, pris de panique.

— Qu'est-ce que j'ai ? s'écria-t-il.

Il marchait en se tordant les mains. « Serge Serge... » Il appelait à voix basse.

— Tu réponds pas, Serge ?

Il posa la main sur l'épaule du dormeur' sans oser le secouer.

— Serge...

Il commençait à pleurer. Ses larmes lui faisaient encore plus mal.

— Serge, réponds ! dit-il d'une voix rauque.

Ils se regardèrent en silence. Serge se frottait les yeux.

— Est-ce que ça te vient, des fois, des idées comme ça... de te détruire ? balbutia Jojo.

Serge retomba, la tête dans l'oreiller.

« Il dort, pensa Jojo au bout d'un moment. Il dort ! »

Un calme subit l'envahissait. Il n'osait faire un geste. Ses pensées étaient tellement imprévues qu'il ne savait les exprimer. Les voisins ne bougeaient plus. Jojo était debout, un bras tendu, dans une pose de berger foudroyé. Une crainte lointaine accompagnait sa quiétude. Il sentait que celle-ci ne durerait pas. Le moindre choc devait réduire en cendres ce bien-être mystérieusement fabriqué. Son immobilité commençait à lui donner le vertige. Il essaya de se raidir. Serge gémissait dans ses rêves. Sa voix changée semblait venir d'un autre monde.

— Chacun pour soi, murmura Jojo. On est seul...

Il baissa lentement le bras. Il prenait d'infinies précautions pour ne pas réveiller son angoisse. Ses gestes prudents hésitaient. Un sourire peint sur ses lèvres lui donnait l'air des danseurs de corde qui marchent sur la mort. Jojo regarda sa main étrangère. Distraction mortelle. « Me voilà repris, » murmura-t-il. Il sentait que cette fois il n'y aurait plus de refuge. Il était battu. Mals battu par quoi ? Malgré son désespoir il continuait à regarder sa main avec un intérêt et une surprise extrêmes : « C'est ma main, ma main à moi... » Il essaya de crâner. « Ben quoi, c'est couru ! » Mais il restait absorbé.

« On est seul, répéta-t-il. Maintenant je comprends, et d'autres choses aussi. C'est ma peau à moi, et il y a Loulou et la vieille, et Serge. Tout ce qu'on fait, c'est pour soi. Ainsi, rapport au vieux... (il s'interrompit un instant, la tête vide) rapport au vieux, ç'est une affaire qui regarde personne. Bien sûr, je m'en fous, mais j'ai plus de goût. »

— C'était pas fait pour moi. Je me serais trompé, reprit-il lentemant.

Ses regards enveloppèrent la pièce. Il vit e papier aux fleurs fanées, la chaise où Serge avait entassé ses vêtements. Il ne savait pas encore ce qu'il allait faire, mais il était la proie d'une anxiété fébrile. Soudain il devint blême. Un frisson le secoua de la tête aux pieds. Il courut à la table de toilette où il avait posé le poignard. Ses dents claquaient.

Il sortit et fit quelques pas silencieux dans le couloir. Cette promenade ne correspondait plus à rien de réel. Jojo avait déjà quitté la terre.

— Serge..., balbutia-t-il.

D'un geste machinal il écarta sa chemise tandis que de l'autre main il enfonçait le poignard.

Le bruit d'une chute troubla le sommeil de Serge. Il s'étira, parcourut la chambre d'un regard qui ne voyait pas.

— C'est toi, Jojo ? murmura-t-il.

On n'entendait rien. Le silence ressemblait à l'éclatement lointain des fusées, un soir de fête. Serge se rendormit.

C'est alors que Mme Dulong entreprit sa fugue nocturne. D'abord surprise par les ténèbres, elle se consola en marmottant :

— L'escalier est si sombre ! La maison tombe en ruine...

Elle n'en fut pas moins bientôt « perdue », et continua au hasard sa promenade désolée. Elle n'osait pas encore se plaindre, essayant de croire à une erreur passagère. Quelles pensées effrayantes pouvait-elle ruminer pendant ces temps d'arrêt qu'elle prenait, appuyée contre un mur, les mains nouées à sa canne, la canne « de son pauvre mari ».

« Une vieille femme veuve et solitaire... » Elle soupira, reprit sa marche angoissée d'homme oublié dans un labyrinthe. Soudain elle buta.

Du bout de sa canne elle tâtait l'obstacle sans parvenir à l'identifier. Intriguée elle se pencha, toucha de ses vieilles mains une figure tendre, les mains lointaines de Jojo. L'épouvante la cloua sur place. Puis elle tomba dans une sorte d'hébètement. A la fin elle se souvint du cadavre et, d'une voix étrange de ventriloque, appela :

— Au secours... au secours !

Cependant Jojo mort était absent du palier, absent de son crime, innocent de toute la terre.

Depuis que Serge l'avait chassée, Loulou errait dans la ville.

On l'avait mise à la porte de chez Maurice à cause d'un scandale avec un client. Elle courait, trébuchait, toussait et crachait, avec une sorte de joie, le sang qui lui remplissait la bouche. Elle avait pris tout son argent. Elle entrait dans les bars, buvait de l'eau-de-vie et continuait sa route sans but, sa route épouvantable où Serge ne marchait pas.

Le samedi soir, Jean la rencontra.

— Qu'est-ce que c'est, un matelot ? dit-elle.

— Madame Loulou, suppliait-il. Vous ne me remettez pas ? On a resté une nuit chez vous avec Serge.

— Ah ! c'est toi ?

« Elle est saoule, pensa Jean. Je ne la quitterai pas. Il pourrait lui arriver malheur. »

Ils allèrent dans des cafés. Loulou titubait. Jean la serrait contre lui. Il était heureux.

— Et si on rentrait maintenant ? proposa-t-il timidement.

— Rentrer ? Si tu veux. Appelle un taxi.

Mais dans l'auto elle eut une crise de nerfs.

— Ramène-moi chez lui, sanglotait-elle... Jojo est là aussi.

— Jojo ? s'écria le pauvre Jean.

Il ordonna au chauffeur de changer de direction.

— Je lui expliquerai, moi, à ton Serge, que tu es là, dans la rue... Il te reprendra.

Il la berçait. Son désir cédait devant sa pitié. « J'ai pas de chance, songeait-il, un peu triste. Voilà un lot qui me tombe dessus et faut que je le repasse à son type. »

Ils montaient l'escalier quand la plainte de Mme Dulong leur parvint.

— Qu'est-ce que c'est ? balbutia Jean.

Loulou restait calme.

— Allume ta lampe, dit-elle à voix basse.

Ils gravirent d'autres marches, et Jojo apparut, avec son poignard, et Mme Dulong, aérienne dans ses dentelles.

Jean et Loulou restèrent longtemps immobiles.

— C'est Jojo, souffla Loulou.

— On l'a tué...

— Non, il s'est tué lui-même, regarde sa main.

Puis, retrouvant son sang-froid de fille habituée aux drames :

— Ramène la vieille. Fais-la taire. C'est une folle, je la connais.

Elle s'élança.

Serge dormait. Rien ne pouvait atteindre son sommeil ouaté de cocaïne. Loulou le secouait, lui criait :

— Jojo est mort... Jojo s'est tué...

Enfin, il se dressa :

— Jojo ?

— Mort ! Mort ! répétait Loulou en se tordant les mains.

Au même moment, Jean entrait.

— Personne n'a rien vu. Il faut le traîner là, décida-t-il.

Serge assista, pétrifié, à l'arrivée du cadavre. Jean le portait délicatement. Il l'étendit sans bruit par terre. Le poignard était encore fiché dans la poitrine.

— Il s'aura tué pour une poule, assura Jean.

Loulou semblait absorbée :

— Il est déserteur. Serge aura des ennuis. Un sac, trouve un sac et... dans la mer.

— Un sac ? répétait Jean.

Mais Loulou l'arrêta.

— Attends, on doit le déshabiller. Il a une culotte à Serge et le linge.

Jean déboutonna le pantalon, le tira, non sans peine, ainsi que la chemise. Jojo restait nu avec, toujours, ce poignard.

Loulou fit un grand geste qui traîna dans la chambre.

— Arrache-le, murmura-t-elle.

Elle hésitait, balbutiait...

Serge la vit alors s'approcher du mort, à pas de loup, en détournant la tête. Sa main cherchait le manche. Elle tira d'un coup bref. Et il sembla qu'elle l'eût tué une seconde fois.

Serge tomba sur les genoux, les bras mous, comme un traître fusillé.

— Vite, criait Loulou, dans une heure il fera jour. Vite... Ah ! mon Dieu...

Jean disparut. Loulou tourbillonnait, passait entre ces deux cadavres : Serge, Jojo. Elle ressemblait aux danseuses qui valsent, les yeux bandés, au milieu des bouteilles, des coupes de champagne, sans rien briser.

— Et lui, lui que j'oublie ! s'écria-t-elle. Ah ! Seigneur ! Cette chambre, Jojo... J'ai arraché le couteau...

Elle s'agenouilla près de Serge. Elle baisait sa bouche entr'ouverte, ses dents froides. Il la fixa longtemps. Ses yeux dilatés par la cocaïne semblaient voir autre chose, assister à un spectacle inconnu et terrible.

— C'est toi qui l'as tué, prononça-t-il.

Loulou se mit à trembler.

— Mais tu sais bien... que c'est lui-même... Il était couché, la vieille criait au secours...

— Tais-toi, ordonna Serge.

Cette voix brisée lui faisait trop mal. Il aurait voulu se soustraire immédiatement à tout, s'échapper, s'enfoncer. Il répétait des mots qui l'aidaient à fuir. Il fermait les yeux pour contempler un avion qui tombait, fuyait, des balançoires suspendues dans un ciel plein d'étoiles.

Mais Loulou était lancée. Il fallait qu'elle se délivre, qu'elle sorte d'elle ce poids intolérable, cette masse de détresse, de folie. Elle se leva. Peu à peu sa voix s'enflait, prenait des accents pathétiques ou bien retombait, planait. Elle se penchait, parlait sur Serge qui remuait les lèvres comme un muet.

— Qu'ont-ils donc, tous ? disait-elle. Qu'ont-ils ? Et moi-même... Oui, je suis là, comme une folle, je suis là avec ma bouche rouge et mes yeux maquillés... et tu ris ! Tu t'en fous que je crève ! Regarde mon mouchoir, regarde le sang... Et tu m'accuses. Mais c'est toi qui l'as tué, c'est toi !

Elle continua, la gorge nouée de sanglots :

— Regarde sa bouche, ses pauvres mains froides... Il est nu ! Regarde !

Serge ne pouvait détacher son regard de cette femme effrayante qui faisait des gestes d'actrice, qui parlait avec cette voix de théâtre. Elle se pencha sur Jojo.

— Mon petit môme ! Comme tu es couché tout nu, avec tes yeux fermés...

Elle posait, gémissait, jouait la comédie.

— Arrête, hurla Serge. Arrête !

Il se sentait pris, lui aussi, par ce délire hystérique.

— Arrête ! Je te défends... Je te hais...

Loulou se colla contre la porte, les bras en croix, la tête penchée sur l'épaule.

— Il me hait ? Il me hait ! Et moi ? L'autre jour tu m'as chassée. Je suis partie dans les rues. Où suis-je allée ? (Son ton devint rêveur.) Il me semble qu'il y avait un vieux. Il disait : « Ne pleurez plus. On vous soignera. » Mais je me suis sauvée. Non, je m'embrouille. Je deviens folle...

Elle resta dans sa pose incroyable de femme crucifiée. Serge s'accrochait au silence, y suspendait toute sa vie. « Si elle parle encore, avec cette voix, pensait-il, je me tue ! »

Loulou continuait, continuait :

— Bientôt on l'emmènera... bientôt... Mais regarde, regarde-le !

Le bras tendu, elle le montrait, avec une insistance horrible. Serge se tenait la tête dans les mains comme un homme vitriolé.

— Bientôt il fera jour. Il faut l'enlever, le jeter.

Elle marchait dans la chambre, criait, trépignait. Serge enfouit sa tête sous l'oreiller pour ne plus entendre. Mais Loulou le saisit par les épaules.

— Tu as peur ? Lâche ! sale lâche ! Si tu savais comme je te hais maintenant ! Je voudrais te cracher à la figure, te piétiner.

Serge se débattait, râlait.

— Va-t'en, mais va-t'en donc, répétait-il de toutes ses forces.

Aussitôt Loulou s'immobilisa. Sa voix entrecoupée ressemblait à une plainte d'animal touché à mort.

— Tu me chasses encore ? Serge... Serge... Serge... Serge...

Elle s'écroula, se tordit par terre, levant des mains de suppliciée. Serge fonça, le poing levé. Loulou s'accrochait à ses jambes, se mordait les bras. Enfin, elle se leva et fit trois pas vers la porte. Cette fuite trébuchante était horrible comme un meurtre d'oiseau.

Serge se lança sur elle et la jeta dehors. Il l'entendit tomber dans l'escalier, se raccrocher à la rampe, fuir plus loin, se perdre dans les rues, dans la ville.

Aussitôt seul, Serge promena dans la pièce un regard inquiet.

« Ce n'est qu'un rêve, » murmura-t-il.

Il se coucha tout contre le corps de Jojo, la bouche dans ses cheveux. Il fermait les yeux et rêvait qu'ils étaient dans le lit, comme d'habitude. Sans doute l'effet de la cocaïne n'était-il pas tout à fait passé et Serge le subissait encore. Il aurait voulu « penser à quelque chose, arranger cette chambre pleine de mort », mais sa pensée le fuyait. Il voyait défiler une grande foule. Des femmes empanachées ouvraient leurs ombrelles, se promenaient majestueusement. Le plus étrange est que Serge pouvait « s'occuper en particulier d'une de ces dames ». Il voyait alors tous les détails de sa toilette, ses jeux de physionomie. Il imaginait, il *savait* quels seraient les sourires, les larmes de cette femme en telle ou telle circonstance. Il pouvait la suivre chez elle, la regarder se déshabiller et embrasser ses enfants. Certains personnages au contraire se dérobaient. Serge ne parvenait pas à les faire renaître. Ils faisaient un geste, souvent riaient aux éclats, puis s'enfonçaient dans l'ombre. D'autres tenaient entre eux un conciliabule secret. Ils se retournaient avec méfiance, posaient un doigt sur leur bouche et partaient. Toutes ces allées et venues, ces conversations avaient lieu dans un parfait silence. On n'entendait aucun bruit de pas, aucun frôlement de robe. Serge était absent de cette agitation. Il y assistait « d'un endroit caché mais sûr ».

Une automobile s'arrêtait devant un établissement de Montmartre. On voyait à l'intérieur une belle jeune femme enfouie dans ses fourrures (des fourrures blanches qui moussaient comme du champagne autour de ses épaules, de ses cheveux noirs parfaitement coiffés). Son compagnon l'invitait à descendre, mais elle hésitait à cause du mauvais renom de l'endroit. Le chasseur attendait, respectueux, la main sur la portière.

Enfin, elle se décida et sauta légèrement, sans prendre le bras qu'on lui tendait. La porte du bar s'ouvrit sur un spectacle extraordinaire : des danseurs, des femmes, tout l'orchestre, figés dans des attitudes impossibles. La porte se referma sur cette Pompéï.

Serge revint à lui. Il se recula pour voir le profil fermé du mort.

« Je les ai tous tués, pensait-il gravement. Ivan, Annouchka, Jojo, Loulou, je les ai tous tués... »

« Et si l'on se trompe ? Si l'on se figure tout cela ? Personne ne réfléchit à rien... Comment a-t-elle dit ? « Ses pauvres mains froides... » Ils veulent le jeter à l'eau. Cela m'est égal qu'on me prenne. J'irai, je dirai : « C'est moi qui l'ai tué. » Je mentirai, je raconterai une histoire de bijoux...

Loulou s'appuyait contre un mur, la tête posée sur son bras tendu. Le petit jour éclairait sournoisement sa fuite, à travers une ville morte.

« Pourquoi n'y a-t-il personne ?... Pourquoi suis-je seule ?

» Ils m'ont battue, ils m'ont chassée, continua-t-elle avec une terreur croissante. Ils vont me poursuivre... Oh ! Je me vengerai, je les dénoncerai, je me vengerai ! »

Elle brandit son poing de folle, menaça les maisons endormies, les rues vides. Ce geste sembla la surprendre, l'effrayer elle-même. Elle considéra son poing avec attention, l'ouvrit, baisa ses doigts un à un. Peu à peu elle se calmait. Une fatigue mortelle la plantait au milieu du trottoir. C'était tellement incroyable d'être lasse à ce point qu'elle faillit en rire. Une sorte de respect du silence, de crainte, l'en empêcha. Elle rêvait « à des choses ».

« Jojo... Ils l'ont tué. Et l'autre marin, celui qui m'a chassée... Non, je me trompe, c'est un autre...

— » Comment s'appelle-t-il ? O Seigneur ! son nom, son nom ? J'ai oublié même son visage. »

Elle chuchota :

— Il est peut-être là, derrière moi. Il va me prendre, il me tuera !

— Arrière ! lâche, bande de lâches !

Elle mettait les mots au pluriel pour grandir sa haine. Elle était folle de peur, folle de rage, de méchanceté. Elle s'élança comme une machine, une faucheuse dans les blés d'août.

» J'irai, pensait-elle, je les dénoncerai ! »

LE RODEUR

Chez Maurice, on allait fermer. La soirée avait été calme, le patron était de mauvaise humeur. Hébété par la fatigue et les nombreux verres avalés, il se tenait adossé au comptoir et regardait, sans les voir, les derniers clients, deux jeunes gens qui discutaient les points d’une partie de zanzi. Le garçon dormait, la tête sur une table. Il régnait dans le bar cette tristesse désolante qui hante ces lieux à l’aube, quand tous sont partis et que la vie « du jour » va reprendre. Les nocturnes, démoralisés, songent alors à fermer des volets, à fabriquer de l’ombre. Ils voudraient cacher leurs traits que le soleil vieillit, passer dans des chambres obscures, se terrer jusqu’à la nuit qui permettra leur nouvelle éclosion.

Le patron de « chez Maurice » n’avait pas de ces désirs. Il les ignorait, n’étant pas un noctambule mais seulement un homme qui travaille la nuit, « fichu métier, avec ces sales mômes, qui se foutent du monde ». Plein de vices, détraqué par les drogues et son lourd passé, il portait une haine maladive « à tous ces voyous » qui pourtant le faisaient vivre. Son plaisir était de les torturer. Il en choisissait un, jeune et encore inexpérimenté, s'arrangeait pour le compromettre ou lui faire croire qu'il était compromis vis-à-vis de la police, et alors, le tenant, en faisait sa chose, le battait, l'injuriait, le martyrisait avec des raffinements de bourreau. Souvent il allait jusqu'à le livrer lui-même. Au premier abord il avait pourtant l'air d'un brave homme, un peu gras, chauve, avec un ridicule toupet de cheveux blancs sur son crâne rose. Mais on découvrait bientôt avec malaise sa bouche de vampire, les éclairs fous de ses petits yeux bordés de rouge. Sa voix aussi était insupportable, aiguë et papelarde.

Cette nuit-là, il était particulièrement maussade. Gino, son dernier souffre-douleur, n'avait point paru, et vaguement inquiet furieux, « le patron » songeait à prendre des mesures énergiques.

C'est alors que Loulou fit son entrée. Comme une forcenée elle enfonça la porte. Le garçon sursauta.

— Loulou ! s'écria-t-il stupidement.

Elle les apostropha, haletante :

— Oui, c'est moi... Bande de vaches ! (Elle se servait d'un vocabulaire de fille dont elle n'usait pas d'habitude.) Bande de vaches!

Sa voix se brisa dans un râle. Elle se raidissait pour ne pas tomber. « C'est maintenant, maintenant..., » pensait-elle avec une sensation de vertige. Elle rassembla ses forces et, par deux fois, cracha à la figure du patron.

Il y eut un de ces bizarres instants de silence qui donnent soudain aux gestes une signification inconnue. Loulou sentait qu'elle quittait la terre. Elle était bien, elle avait envie de sourire. Le patron, d'une gifle formidable, l'envoya rouler sous une table. Elle se releva aussitôt, se rua vers la sortie, les joues ardentes, ses jupes, son manteau, son boa écharpés par un vent de tempête.

Une scène étrange se déroula dans le bar. Le patron, en proie à une crise de rage hystérique, saisit deux assiettes qu'il brisa l'une contre l'autre en hurlant des paroles incohérentes. Il s'élança, tournoya, essayant d'attraper les jeunes gens qui s'esquivaient. Cette vaine poursuite, ces coups dans le vide achevèrent de l'affoler. Il prit le jeu de cartes sur la table, le déchira, lança en l'air les morceaux. Il glapissait, trépignait sous une pluie de piques, de carreaux déchiquetés qui retombaient en voltigeant.

Il resta seul dans son bar massacré, avec à la main le roi de trèfle intact.

— C'est moi ! gronda-t-il.

Un silence énorme lui répondit. Il hocha la tête, mit la carte dans sa poche et ferma la porte au verrou.

Loulou fuyait vers son repaire. Elle allait mourir. Il fallait arriver à temps, ne pas se laisser distraire surtout. On meurt toujours par distraction. Un instant suffit. On avait oublié sa vie, on se retrouve mort. Loulou comprenait confusément qu'elle devait « se garder, s'empêcher de penser à autre chose ». Des passants s'arrêtaient pour suivre des yeux cette femme étrange qui marchait d'un pas comique d'enfant qui joue au soldat. Pour s'aider elle parlait à voix basse : « Encore la rue Grande, puis j'arriverai sur la place du Marché. Les bonnes femmes commenceront à arranger leurs étalages. » « J'ai pourtant acheté moi-même des choses à ce marché, remarqua-t-elle avec surprise. Et maintenant c'est impossible, jamais cela ne pourra se reproduire. C'est drôle. »

Elle était presque arrivée quand un gamin loqueteux lui demanda l'aumône. Il avait l'air faux et méchant. Une grande agitation s'empara de Loulou. « C'est déjà une petite canaille, songeait-elle. Je lui donnerai tout ce que j'ai. » Elle sortit deux cents francs de son sac et les tendit à l'enfant. Il regardait les billets d'un œil fixe. Peut-être croyait-il à une plaisanterie. Il jeta un regard autour de lui, arracha l'argent et partit à toutes jambes. Loulou poursuivit sa route. Elle commençait à souffrir beaucoup.

— Je n'arriverai jamais, balbutia-t-elle.

Mais, d'un immense effort, elle se lança en avant. Ainsi les soldats mourant de faim, de fatigue, continuent à marcher sur des jambes de coton.

— Voici l'entrée, dit-elle en arrivant.

Dans l'escalier elle tomba et monta à quatre pattes. Elle fermait les yeux pour ne pas s'évanouir. Arrivée devant sa porte, elle saisit la poignée pour se relever. Elle n'y voyait plus. Un brouillard lui cachait les objets. Elle fit le tour de la chambre en titubant, culbutant des chaises, des flacons qui se brisaient. Enfin, elle s'écroula sur son lit et poussa un long soupir. Une grande houle sombre lui gonflait la poitrine.

— Ah ! je crève... murmura-t-elle.

Sa tête s'enfonça, comme une pierre.

Après être retourné chez Serge et dès qu'il se fut débarrassé de son fardeau, Jean courut chez Loulou. Et voilà qu'il n'osait pousser cette porte entre-bâillée, derrière laquelle pesait un tel silence. Il frappa timidement. Comme il se sentait gauche et désespéré !

— Madame Loulou ? appela-t-il à mi-voix.

Il ouvrit la porte, la referma tout de suite derrière lui, avant de voir. Puis il leva lentement les yeux sur la chambre dévastée, pleine de morceaux de verre et saturée de parfum.

Il se tourna vers le lit et contempla cet étrange spectacle : Loulou morte, écartelée, la tête sur l'oreiller plein de sang.

Jean n'osait bouger, n'osait rien.

Il répéta :

— Madame Loulou ?

Comment se comporter ? Devant le cadavre de Jojo, il n'avait pas hésité. C'était un camarade, un homme..., mais avec cette femme... cette femme qu'il avait tenue serrée contre lui. Il enleva son béret de marin, s'approcha doucement. Loulou tenait encore son sac où l'on voyait une petite glace, un bâton de rouge. Jean fixait ces choses. Il aurait voulu « faire ce qu'il fallait ». Il remarqua que la robe soulevée découvrait presque entièrement les jambes de Loulou. Il l'arrangea avec soin puis se retira au fond de la chambre en pétrissant son béret.

« On ne peut pas laisser cela comme ça, pensait-il. C'est pas juste... » Il s'arrêta encore, indécis et torturé, avant de retourner chez Serge « pour en finir ».

Serge avait dormi une heure. L'apparition inattendue de Jean ne l'intrigua même pas. Il se mit à fixer une toile d'araignée au plafond.

Jean s'avança jusqu'au lit.

— Salaud ! dit-il après un silence.

Serge ne répondit pas. Il regardait toujours sa toile qui « l'intéressait vraiment ».

Alors Jean sortit un couteau de sa poche et leva le bras.

— Loulou est morte ? demanda Serge.

Jean abaissa l'arme en balbutiant :

— Comment le savez-vous ?

Il regardait avec avidité cet homme qu'il ne pouvait tuer. Serge soupira.

— Comment je sais ? dit-il, rêveur. Tu comprends bien qu'il y a des choses que tu ignores... Regarde le suicide de Jojo et le reste...

— Il y a des choses secrètes, reprit-il avec mystère. Toi, tu as été toujours sûr de tout.

Tu crois qu'on vit tous pareils et pourtant... Il faut te sauver. Quand tu rencontreras des gens comme moi, fuis-les. S'ils t'offrent de l'argent, prends-le vite et pars. Tu comprends ?

Jean écoutait.

— Maintenant tu vas rentrer à Toulon, reprit Serge. De toutes manières, ta permission est gâchée. Il doit y avoir un train. Prends-le tout de suite et... oublie cette nuit, oublie tout.

— Oui, murmura Jean.

Le silence se prolongea pendant près de cinq minutes. Serge rêvait.

— Va, pars, dit-il doucement.

— Et vous ? demanda Jean.

— Moi, je reste encore. Je dois arranger des affaires... Après je m'en irai aussi...

— Nous ne nous reverrons jamais, ajouta-t-il comme malgré lui.

— Jamais ? répéta Jean.

— Non, jamais, assura Serge.

Jean boutonna sa vareuse :

— Alors, je pars ?

Il était désemparé. Il attendait que Serge lui dît encore quelque chose. Mais Serge immobile fermait les yeux.

— Pourquoi ? pourquoi... nous chassez-vous tous, balbutia Jean. (Il s'exprimait avec difficulté, ne trouvant pas de mots qui rendissent sa pensée.) Il me semble que tout le monde vous aime... et vous les chassez... (Il hésita un instant avant de poursuivre.) Est-ce que... vous me détestez ?

Serge posa la main droite sur son cœur (à certains instants on fait des gestes de tragédien ; il serait curieux de savoir si l'on copie alors les acteurs ou si ces derniers calquent leurs rôles sur la vie).

— Je t'aime, dit-il gravement.

Après quelques minutes de paix profonde, dont tous deux furent pénétrés, Jean reprit, anxieux :

— Vous... vous moquez de nous... Vous voulez rire... et regardez... Loulou est morte !

Après cet aveu, il recula de trois pas, comme

épouvanté par son audace. Lui qui était venu tuer Serge, s'effrayait maintenant à l'idée de le froisser. Mais Serge ne remarqua même pas l'étrangeté de ces paroles. Il savait cela depuis longtemps et ne s'étonnait pas qu'on le lui dît.

— C'est vrai, avoua-t-il, Loulou est morte. Mais tu ne comprends pas. D'abord je vous aime tous. Je le jure (il étendit le bras comme un témoin à la barre). Attends, je vais t'expliquer... Suppose un couteau. Tu te coupes en l'ouvrant. Est-ce la faute de ton couteau ? Attends, attends, tu ne comprends pas. (Il se mit à crier à tue-tête.) Je suis une bombe qui éclate dans une maison pleine de monde. Je tue les petits enfants, les femmes, les vieillards. Seul un jeune homme échappe. C'est toi. Pars vite, va-t'en...

Jean écoutait avec inquiétude. Il ressentait ce malaise qu'on éprouve en présence des fous. Un autre sentiment, de pitié et de tendresse, achevait de le déconcerter.

— Moi aussi, je vous estime, dit-il tout confus.

— Allons file, vite, va-t'en au diable ! cria Serge.

Serge se retourna sur son lit, cherchant une place fraîche.

« Encore un que j'aurais pu détruire, » songeait-il.

Jusqu'ici Serge a vécu, dans une sorte de rêve, un drame de Grand-Guignol.

Il retrouve sa chambre vide. L'aube dépiste les objets, fait sortir une table, des chaises de leur oubli. Tout prend une allure implacable. On ne trompe pas un homme réveillé au petit jour. C'est l'heure des condamnés à mort. La vie fusille les menteurs, arrache les masques, met à nu les âmes.

Serge se trouvait dans cet état de vérité absolue. Il ne souffrait pas.

Quand on souffre, on trompe son mal. Il *savait*. Que lui importaient la mort de

Jojo, de Loulou ? Il pensait à lui, il s'enfermait dans sa vie entièrement isolée. Il envisageait toutes les possibilités de confort, de réforme et en démontrait l'inanité. Il éventait les martingales, arrêtait les traîtres. Quoi qu'on lui offrît, ce serait encore une vie, cette chose impossible quand on est conscient. La vie dont même les religions dénoncent l'erreur initiale, le premier faux pas.

Comme un dieu, rigide sur les draps, Serge pesait les destinées du monde :

— Et Jean ? Celui-la continuera son chemin dans les grandes villes. Il portera d'autres cadavres et ses yeux purs troubleront une multitude de gens, qui voudront lui acheter sa beauté. Loulou avait fini sa tâche. La vieille servait encore pour crier « Au secours ! » sur le cadavre de Jojo. Moi, je suis l'arme du crime. J'ai tué Ivan, j'ai tué Jojo, Loulou. Rien ne m'atteint. Personne ne me tuera, moi. Depuis dix ans que je traîne dans les bouges, j'ai gardé intactes mes joues, intacts mes sourires, intacts mes yeux. Rien ne prend sur ma peau. Il faudrait inventer un acide. Et sans doute resterais-je inaltérable comme ces cœurs de vierges que le bûcher ne consume point. Je passe à travers les balles, je marche dans le feu : je reviens indemne. J'ai marqué la vie des autres. Eux ne m'ont rien fait.

Peu à peu Serge s'exaltait.

— C'est moi qui me détruirai !

Il était solide et noueux, comme un chêne, au milieu de la chambre. Enfin il possédait quelque chose, il était le maître.

Il regarda cet univers qu'il dominait.

Dieu ! un matin d'été, cette tendresse... Serge ne sera-t-il pas ému ? Comment résister à notre douceur d'homme ? Il faut s'abandonner, se plaindre, aimer. Il y a les molles campagnes, les bergers qui mènent leurs brebis, les regards des passants... Il y a les gentils ânes frais, avec leurs yeux naïfs, les chiens qui lèchent leur patte ; dans un pré les vaches nonchalantes... Et les routes, que les hommes ont tracées... Par un chemin de montagne, un gars descend au village. Pour se donner du cœur, il chante, chante de toutes ses forces, en patois. Ceux qui l'entendraient voudraient baiser la terre, donner la main aux arbres.

Les soldats avec leurs pieds lourds, leurs figures vannées, les malades qui meurent, les ivrognes, les assassins, tous, tous...

Hélas ! Serge n'entend rien, ne voit rien. De plus en plus, il se penche, il se penche, ébloui, sur son suicide.

Une fois de plus, Serge rôde dans les rues. Il voudrait s'arrêter, voir quelque chose, mais on le pousse et il marche... Il ne sait s'accrocher à rien. Tout ce mouvement fait mal au cœur. Comment faire ? Eh bien, c'est simple : Un bar, un petit bar, comme d'habitude... Il commandera un café. Il sera assis devant le verre fumant. Il pourra regarder les gens, jusqu'à ce qu'il soit happé à son tour. C'est étrange.

Mais non, Serge continue. Sa poche est lourde à cause du revolver qu'il a pris avant de sortir. Comme ce serait beau de tirer tout à coup dans la foule ! Les gens s'enfuiraient avec des cris. Une balle les arrêterait, les coucherait par terre. Entre chaque détonation il y aurait un silence, et Serge choisirait sa prochaine victime : Ce jeune homme qui marche en sifflant ? Cette jeune fille en robe de jours de fête ? Et cela n'est pas un rêve. Serge peut, d'un geste, déclancher la scène. « Cela finira ainsi, » murmure-t-il.

Un orchestre militaire joue dans un kiosque. La foule s'arrête. Serge est entre un vieux monsieur qui bat la mesure avec sa tête et deux petites filles qui se tiennent par la main. Peut-être le vieux monsieur suit-il les petites filles. Il les regarde d'un air égaré. Elles s'en sont aperçues et rient comme des folles. Allons ! l'affaire s'arrangera... Serge pense à Jojo. Il voudrait comprendre pourquoi il s'est tué. Et que signifie l'argent trouvé dans sa poche. S'il achetait un journal du soir, il verrait qu'on a pris l'assassin du vieillard. C'est presque un enfant. A force de le torturer, la police lui a fait avouer ce crime qu'il n'a pas commis. Le commissaire aura de l'avancement et l'on décorera les agents qui, dans une chambre bien close, rouaient de coups de matraque le petit voyou qui se tordait par terre en suppliant : « Ce n'est pas vrai ! je le jure... laissez-moi ! »

Après une dernière « fantaisie brillante », le concert prend fin. La foule s'ouvre. Il est 7 heures. Ce soir d'août sent le dimanche, le feu d'artifice. Des automobiles rentrent de la campagne avec des familles entassées. Serge prend une petite rue qui lui paraît singulièrement vide après la bousculade du boulevard. Un concierge est assis sur une chaise devant sa porte. Il est coiffé d'une calotte et croise les mains sur son ventre. Serge et lui se dévisagent curieusement. Ils voudraient peut-être se parler — mais quoi dire ? C'est toujours la même chose : on n'a rien à se dire. Serge descend encore une ruelle qui mène au port. L'eau clapote contre le quai. Les cabarets sont ouverts à cause de la chaleur et il en sort des chansons de phonographe. Serge regarde les enseignes : « Café du Départ », « Au retour du Marin ». Ce mot *marin* évoque Jojo. Serge le voit avec son col bleu, sa vareuse bien collante. Voyons, c'est impossible... Serge bute contre un pavé. Quel boxeur sournois lui a porté ce coup en plein cœur ? Il titubc un peu. Il vient de comprendre : Jojo est mort. Toute cette scène incroyable était vraie. « Allons, il faudrait arranger cela, balbutie-t-il. Allons... » Il traverse la rue, entre dans le café. Il se sent faible comme un enfant. « Toutes ces nuits sans sommeil... Ah ! si je pouvais leur dire, leur raconter... » Il est seul dans le bar. La patronne chante dans la cuisine. Serge l'appelle. C'est une grosse femme placide. Pendant qu'elle prépare du café, Serge regarde le comptoir. A côté des bouteilles, il y a un petit étalage d'épicerie, des cartes postales, des cahiers pour les enfants.

— Je voudrais écrire, dit Serge. Donnez-moi un cahier et de l'encre.

La patronne bavarde :

— Vous serez bien tranquille. Il ne vient jamais personne avant neuf heures.

Elle lui apporte un porte-plume.

— Et le cahier que j'oubliais ! s'écrie-t-elle.

C'est un drôle de cahier. La couverture est faite d'une grande image en couleur qui représente une frégate. Sur le pont, des hommes habillés comme Louis XV se battent avec des haches et des épées. Un mousse est monté dans les voiles avec un singe. Cela ressemble à un rêve.

La femme est retournée à sa cuisine. Elle fredonne toujours en remuant des assiettes. Serge tourne la page. Le papier est quadrillé.

— Je vais écrire. Je vais me mettre à écrire, répète-t-il.

Il essaie sa plume :

J'écris ces lignes par faiblesse. Si j'étais fort, je n'écrirais rien, je dompterais la vie, je serais le maître de mes désirs et de ceux des autres.

Cette femme avait raison : Serge sera bien tranquille. Il raconte une longue histoire étrange. Il se décharge de sa haine, de son désespoir. Ensuite, il pourra peut-être s'en aller, libéré.

Quand Serge eut signé, il leva les yeux. Un jeune homme le regardait fixement. « Je ne l'ai pas vu entrer, » pensa Serge. Il appela la patronne en frappant la table avec une pièce de vingt sous. Puis il se leva pour partir. Arrivé à la porte, il s'aperçut qu'il avait oublié le cahier. Son regard rencontra celui du jeune homme. Serge sortit lentement.

« Voilà ! il va prendre mon cahier, il va lire, » pensait-il. Cette idée lui plaisait. Il marchait plus vite le long du quai. « Oui, il va lire. Comme c'est bien ! Il sera forcé de penser à moi. Il gardera le cahier. Quelquefois il le sortira du tiroir pour chercher une phrase. C'est un message... » Il répéta plusieurs fois : Message.

— Eh bien, cela me plaît ! dit-il à voix haute.

Un passant se retourna et se mit à rire silencieusement. Serge haussa les épaules. Il était confus et troublé. « Peut-être que cet homme me suit depuis longtemps, songeait-il. C'est effrayant, la foule ! Celui-là me surveillait sans doute. Je devais faire des gestes... Il s'amusait tout seul, là, derrière moi, à me regarder... » — « S'il me suit encore, je sortirai tout doucement mon revolver et je le lui montrerai d'un clin d'œil. » Serge fit encore dix pas avant de se retourner. Mais il n'y avait personne. L'homme avait disparu. Serge resta interdit. Une sorte de rage le secouait.

— Salaud, salaud, marmottait-il. Il s'est foutu de moi, tranquillement, et puis il a filé... Salaud !

Il reprit sa marche et fut bientôt distrait

par le spectacle d'un navire prêt à partir. Une grande agitation régnait sur le pont. Les passerelles étaient encombrées de gens qui montaient, descendaient. Serge remarqua que tout le monde parlait italien. « Qu'est-ce que c'est ? Un bateau d'émigrants ? » se dit-il.

— Monsieur, monsieur, voulez-vous m'acheter mon billet ? demanda une voix.

Serge regardait sans comprendre.

— Oh ! je vous connais bien, reprit le jeune homme. Je vous voyais souvent chez Maurice avec Jojo. Alors, vous me prenez le ticket ?

— Quel billet ? demanda Serge.

— Mais pour la traversée, pour Bastia ! Je devais m'embarquer et puis je...

— Quand part-il ? interrompit Serge qui n'écoutait pas.

— Dans une heure.

— Allons boire quelque chose, viens...

— Je m'appelle Dominique Calvi, commença le jeune homme, quand ils furent installés.

Serge l'écoutait.

— Si vous alliez là-bas, vous iriez voir mes vieux. Ça vous ferait une promenade. Le train part à sept heures de Bastia, demain matin. Vous trouverez facilement la maison. Ils pourront vous loger ; vous coucherez avec mon petit frère. Si vous cherchez du travail, vous en trouverez à la scierie. Moi, je devais rentrer... et puis je me suis engagé à la Légion, ajouta-t-il à voix basse. Je pensais que j'aurais le temps d'aller là-bas, mais on m'a dit que c'était défendu. Alors...

Il fit un geste vague.

— Alors tu vas partir ? murmura Serge.

— Je vais partir, répéta l'autre.

Ils se regardèrent en silence. Serge posa sur la table le prix du billet. Les minutes passaient avec une singulière rapidité. L'aiguille de l'horloge avançait par petits bonds cruels. Serge et Dominique n'avaient plus rien à se dire. Ils buvaient leur verre d'eau-de-vie, allumaient des cigarettes.

— Il est temps, assura Dominique.

Tous deux se levèrent. Il faisait tout à fait nuit. Le navire étincelait. Serge mit le pied sur la passerelle.

— Alors, adieu et bonne chance, cria Dominique.

Serge se retourna pour le voir se perdre aussitôt dans la foule. En trois bonds, il fut à bord. Son billet était un « billet de pont ». Il rejoignit à l'arrière ses compagnons de traversée, pour la plupart des soldats, des petits marchands avec leurs ballots. Bientôt la sirène sifflait et le bateau partit dans la nuit. Serge s'étendit par terre, à côté d'un soldat qui voulut le couvrir d'un pan de sa capote. La mer était si calme que le bateau glissait sans aucun roulis. Deux hommes chantaient en corse, d'une voix de tête, un air qui ressemblait à la musique arabe. Serge se rapprocha du soldat. Ils se prêtèrent mutuellement l'appui de leurs bras et de leurs épaules pour poser leur tête. Serge ferma les yeux. Le bruit des machines remplissait la nuit.

— Tu es bien ? demanda le soldat.

— Oui, souffla Serge.

— Alors, dormons...

Mais quelques instants après, il fut réveillé en sursaut par un rire aigu contre sa joue.

— Qu'est-ce que tu as ? balbutia-t-il.

Serge riait aux éclats. Il venait tout d'un coup de découvrir « le côté comique de toute cette histoire ». Et c'était tellement ridicule, tellement bête, qu'il s'étranglait, qu'il s'étouffait de rire.

— Ah bien, en voilà un type ! en voilà un type, répétait le soldat. As-tu bientôt fini ? ajouta-t-il. Laisse-moi roupiller...

Serge haletait :

— Oui, attends... c'est tout...

En effet, il ne tarda pas à se taire. Il n'y eut plus alors qu'un navire plein de dormeurs.

FIN

Ouvrage reproduit
par procédé photomécanique.
Impression S.E.P.C.
à Saint-Amand (Cher), le 23 février 1984.
Dépôt légal : février 1984.
Numéro d'imprimeur : 329.
ISBN 2-07-070102-6. / Imprimé en France.

33174